FSC
www.fsc.org

MIX

Papier aus ver-
antwortungsvollen
Quellen
Paper from
responsible sources

FSC® C105338

Karin Brose

Spätsommerweiber

Karin Brose ist Autorin und Malerin in Hamburg

Impressum

Copyright: ©   2020   Karin   Brose
Dieses Buch ist urheberrechtlich geschützt. Alle
Rechte vorbehalten. Die Verwendung des Textes,
auch   auszugsweise,   ist   ohne   schriftliche
Zustimmung urheberrechtswidrig und strafbar.
Dies gilt insbesondere für jede ungenehmigte
Vervielfältigung, Übersetzung oder Verwendung
in elektronischen Systemen. Der Inhalt dieses
Buches ist frei erfunden. Sollten Ähnlichkeiten
oder Übereinstimmungen mit realen Personen
vorkommen, sind diese rein zufällig und nicht
beabsichtigt. Die Autorin übernimmt nicht die
Haftung für Schäden, die durch Nutzung dieses
Buches entstehen.
Produktion Karin Brose, Hamburg 2020

Illustration

Fotografien Karin Brose

Druck und Verlag: BOD Norderstedt,
ISBN 9783752661866

Inhalt

Frauen an sich

Frauen, ein unerschöpfliches Thema voller Widersprüche und Überraschungen. Ein bunter Strauß von Gefühlen und Befindlichkeiten. Mal bodenständig, mal kapriziös, intelligent oder auch nicht – Frauen eben. Frauen an sich und Frauen mit Partnern, eine höchst spannende Kombination. Werfen wir uns ins Getümmel und beobachten Frauen, wohl wissend, dass sich ihr Verhalten so grundlegend von dem der Männer nicht unterscheidet. In einem Punkt allerdings ganz eklatant. Während viele Frauen wie selbstverständlich ihr gesamtes Streben auf Männer oder eine Partnerschaft auszurichten scheinen, beziehen Männer sich in erster Linie auf sich selbst. Es hat den Anschein, als ob es ein Frauengen gäbe, das zielgerichtet das Verhalten weiblicher Wesen auf eine Bindung ausrichtet. Ich stelle mir Elemente vor, die an andere andocken, so wie zwei Teile Wasserstoff H2 und ein Teil Sauerstoff O ➜ H2O = Wasser ergeben. Um dieses Andocken zu schaffen, ignorieren manche

Frauen ihre eigenen Bedürfnisse oder sind bis zur Selbstaufgabe bereit, sich anderen anzupassen. Schlimmer ist die Veranlagung mancher, sich fremdbestimmen zu lassen. Es beginnt mit den Eltern. Später übernimmt ihre Rolle ein Lebenspartner. Ihm muss es gar nicht bewusst sein, trotzdem wird die Frau, die es gewohnt ist, zu funktionieren, wie man es von ihr erwartet, sich in die Rolle des ewigen Kindes begeben.

Erst einschneidende Erlebnisse oder Begebenheiten sind für manche Anlass, ihr Verhalten zu überdenken. Es zu ändern, ist dann noch einmal ein ganz anderer Schritt, der oft nicht ohne fremde Hilfe gelingen kann. Das Problem liegt dann darin, einen Helfer zu finden, der passt. Will heißen, einen, der sich in deine Psyche hineingeben und auf eigene Emotionen verzichten kann. Ansonsten könnte es zu einer Selbstentfremdung kommen, was nichts anderes wäre, als genau das, was du abzulegen versuchst.

In der Neigung, von sich auf andere zu schließen, unterscheiden sich Männer und Frauen nicht. Dass sie dabei deren Belange aus den Augen verlieren, auch nicht.

Menschen pflegen Vorurteile, sind auch jederzeit bereit, sie gegen neue einzutauschen, nur falls es gar nicht zu vermeiden ist, diese auch zu revidieren. Was Frauen anpacken, das machen sie zu 100% oder mehr oder gar nicht. Die Vollengagierten neigen zuweilen zum Dogmatismus, während diejenigen, deren Prioritäten woanders liegen, Toleranz gepachtet zu haben scheinen. Ich betone „scheinen", denn das kann täuschen! Viele Frauen sind bestens informiert, was die aktuelle Lage angeht, andere vertrauen auf Teilinformation oder Hörensagen. Ich möchte keiner Unrecht tun, indem ich ihr unterstelle, sie plappere Allgemeinplätze oder Platituden nach. Dennoch stelle ich fest, dass besonders Spätsommer-Frauen vermehrt oberflächlich eine konservative, politische Haltung übernehmen. Da wird mit dem großen Besen gern unter den Teppich gefegt, was auch nur den

Verdacht von Weitsicht aufkommen lässt. Manche Frauen scheinen grundsätzlich Angst vor dem Leben zu haben, Angst vor Entwicklung und vor allem vor Unsicherheit. Das ist für sie Grund genug, sich der Meinung von Männern freiwillig anzuschließen und sich womöglich nach einer starken Führung zu sehnen. Vorausgesetzt natürlich, Frau interessiert sich überhaupt für politische Zusammenhänge. Ich unterstelle, dass in meinem Umfeld keine ist, deren Lektüre sich auf Bunte Blätter beschränkt. Wobei ich eine Vorliebe für diese Art von Literatur und Information nicht verurteilen möchte. Ich bemühe mich, tolerant und liberal zu denken. Zugegeben, es gelingt mir nicht immer gut. Was ich jedoch nicht gut heiße, ist die Haltung von Frauen, die ihre Meinung auf das reduzieren, was ihr Angetrauter absondert. Nachplappern von Bärchens Ansichten ermüdet das Umfeld kolossal. Gesprächsanfänge wie „Mein Mann sagt auch,..." oder „...Bernd meint,.." provozieren gern nachzuhaken „..und was meinst du?" Hat man

schon Männer sagen hören „meine Frau meint..",
wenn es um Politik oder gar Sport geht??

Wir Menschen haben das Leben gern leicht und
möglichst konfliktbefreit. Das ist ja auch
verständlich und wahrscheinlich normal.
Harmonie in der Familie, dem Freundeskreis, wie
auch bei der Arbeit oder beim Sport. Dazu gehört
ein gewisses Maß an Anpassungsfähigkeit, was
nichts mit Selbstverleugnung zu tun hat. Wir
wollen nur eben keinen Stress. Und wenn wir
dazu etwas beitragen können, dann tun wir das,
bzw. eben gerade auch nicht.

Frau erfindet sich

Alles beginnt damit, dass Frau irgendwann anfängt, an ihrem Image zu basteln. Die meisten starten ihre Suche nach dem Selbst mit der Pubertät. Manche kommen nicht dazu, weil sie sich gemäß ihrer Erziehung erst einmal anpassen an die Erwartungen ihrer Familie. Sie erfüllen nicht nur ihre eigene Vorstellung vom Glück, sondern in erster und direkter Linie die ihrer Eltern. Sie studieren oder machen eine Ausbildung, sie heiraten und gründen eine eigene Familie, mit allen Folgen. Unter dieser Ausrichtung vergessen sie, nach ihrem Ich zu fahnden oder – so sie es schon kennen – es zu pflegen. Sie kommen erst wieder darauf zurück, wenn die Kinder groß sind, die Ehe kriselt oder die Scheidung ansteht. >Moment mal, wer bin ich denn? – Das kann es doch nicht gewesen sein!< Nicht selten wird dieses Erwachen durch andere Menschen ausgelöst.

Bea steht im Konzert und wippt mit dem Fuß den Takt. Sie ist gut drauf. Da hört sie, dass hinter ihr ein Typ mitsingt. Wie cool ist das denn? Sie dreht sich um und – da ist es geschehen. Zwei haben sich erkannt. In der Pause fragt er sie nach ihrer Nummer. Und sie zögert nicht. Aus ihrer Ehe ist der Wind raus. Ihr Mann gibt ihr schon lange nicht mehr das Gefühl, sie zu begehren. Wenn sie ehrlich ist, sie ihm auch nicht. Und so geht alles seinen Gang. Bea lässt sich auf ein heftiges Abenteuer ein. Endlich gibt ihr jemand das Gefühl, wichtig zu sein. Sie fühlt sich wertgeschätzt wie lange nicht. Begehrt zu werden gibt Kraft und macht stolz. Bea blüht auf. – An dieser Stelle gibt es zwei Möglichkeiten. Manche schaffen nach so einer Affäre den Rückweg nicht, andere wissen danach zu schätzen, was sie haben und sind froh, wenn es ohne Verletzungen abgegangen ist.

Es kommt auch vor, dass Menschen eines Tages ganz ohne Außeneinfluss eine Liste schreiben, um sich zu bestätigen, was sie ausmacht. So verschaffen sich auch die, die sich aus den Augen verloren hatten, wieder Klarheit und nähern sich ihrem Selbst. (Wir sprechen nicht von denen, die ein Leben lang im Nebel stochern.) Hier ergibt sich nun auch die Möglichkeit, sich neu zu erfinden, sich ein ganz neues Image zu verpassen. Sogar Frauen, die schon immer wussten, was sie wollen, die zufrieden in sich ruhen, starten zuweilen neu. Nicht zu vergessen die, die triftige Gründe haben, ihr altes Ego abzustreifen und sich ein neues zuzulegen. Es gibt immer wieder Lebensphasen, die nach Veränderung schreien. Und dann mag es bei Frauen mit der Frisur beginnen, aber wo es endet, das kann zu Beginn niemand absehen. Zuweilen geht Frau eine völlig neue Richtung. Da kommt es vor, dass die Schüchterne plötzlich Gas gibt, Mut entwickelt und sich gänzlich neu entdeckt. Dass sie Seiten an sich findet, die sie selbst überraschen. Oder umgekehrt. So dachte Willa früher, sie sei ein sanftes Langhaarwesen. Ihr Haar reichte als sie 30 wurde noch bis zum Rücken. Sie war total brav und angepasst. Als Kind machte sie ihren Eltern viel Freude, weil sie so leicht zu lenken war. Etwas wie Pubertät kannte sie nicht. Ihre Eltern auch nicht.

Widerspruch hätten sie nicht geduldet, völlig klar, dass ein Kind zu gehorchen hat! Als sie dann aber die 30 erreicht und brav geheiratet hatte, ihr Kind geboren war und dieses Gefühl, dass irgendetwas falsch lief, überhand nahm, holte sie das gewaltig nach. Sie schmiss ihr gesamtes Leben über den Haufen und befreite sich von den Konventionen, die sie fesselten. Sie lehnte plötzlich das Gewohnte ab, schlug voll über die Stränge, sie probierte sich aus. Ihrem Angetrauten war das äußerst unheimlich, kannte er sie doch so ganz anders. Das Ende ihrer Ehe war absehbar, denn dieser Entwicklung wollte und konnte er nicht folgen. Völlig kompromisslos war sie zum Neuanfang entschlossen. Einem Anfang, der zu ihrem Leben führen sollte, nicht zu einem Abbild des Lebens ihrer Eltern oder der Erfüllung der Vorstellung anderer.

Diese Veränderung zeigte sich nicht nur in ihren Ansichten. Auch ihr Äußeres änderte sie. Mehr Klarheit, mehr Linie. Je älter sie wird, desto deutlicher wird ihr zum Beispiel, dass sie mit kurzem Haar – ja, ich sehe eine deutliche Verbindung zwischen Haaren und Psyche – viel authentischer daherkommt. Es darf bloß keine Frisur mehr sein. Jedenfalls keine, die man als solche erkennt. Während früher jedes Haar, passend zu ihrem angepassten Verhalten, in Reih und Glied lag und womöglich mit Haarspray fest geklebt wurde, gönnt sie sich nun den Luxus eines Haarschnitts, den sie nur mit den Fingern in Form hält. Wind? Regen? Macht nichts! Sie streicht mit zehn Fingern durch ihr Haar und schon passt es wieder. Unabhängigkeit ist das Zauberwort. Alles Beengende versucht sie zu vermeiden. Und „sanft" ist sie nur noch äußerst selten.

Schön, wenn man es dann geschafft hat, bei sich ist und sich auf Wesentliches konzentrieren kann, was für jede etwas anderes bedeutet. Dazu gehört aber selbstverständlich das Leben im sozialen Umfeld und die Entscheidung, mit wem man Kontakt halten möchte, außerhalb der unterschiedlichen Zwangsgemeinschaften, die man sich nicht aussuchen kann. Im Job muss ich mich anpassen und mit den Mitarbeitern irgendwie auskommen. Möglichst so, dass ich ohne Bauchschmerzen jeden Tag hingehen mag. Im Freizeitbereich aber kann ich mir aussuchen, wen ich in meine Nähe lasse. Was sind die Kriterien für diese Wahl?

Frauen suchen Spiegel

Begegnen Frauen anderen Frauen, suchen manche gern Spiegel. Nein, nicht um sich zu betrachten! Sie suchen Frauen, die ihnen selbst ähnlich sind. Oder auch genau das Gegenteil. Häufig sieht man besonders schöne Wesen mit eher Unscheinbaren an ihrer Seite. Die eine sticht so noch stärker hervor, die andere partizipiert an der Aufmerksamkeit, die die Schöne erregt. Die Fröhlichen fahnden nach Frauen, die ihnen ähnlich sind. Die, die sie eher meiden, sind ernste Gesichter. Die stimmen sie ratlos. Sie fragen sich, ob sie einfach langweilig oder womöglich schwierig ist? Was ist los mit der? – Warum geraten sie ins Grübeln, statt einfach hinzunehmen, dass eine Frau auch ernst sein kann? Einladender ist natürlich ein Lächeln, ein freundliches Zunicken. Da geht man locker drauf zu, das verspricht unkompliziert zu werden, bloß keine Probleme! Die dauerhaft entblößten Frontzähne einer Grinsekatz versprechen easy going. „Ach, ist die nett!" Ich unterstelle hier nicht, dass die meisten Frauen oberflächlich sind. Vielleicht nur ein wenig bequem?

Solche Signale erreichen mich oft anders als meine Mitfrauen, denn ich gehöre zu denen, die Frau allgemein mit einem Fragezeichen bedenkt. Wenn es nichts zu lachen gibt, dann bleiben meine Lippen geschlossen und die Falten um meine Augen gönnen sich Erholung. Anderenfalls bin auch ich gern eine alberne Gans und lache herzhaft mit. Begegne ich Frauen, fällt meine Wahl eher auf starke, ernste Personen. Eine Grinsekatze geht mir auf den Sender. Und auch die Tollfinderin nervt.

Die Tollfinderin

Bei ihr ist immer alles mega. Egal, was sie unternommen oder erlebt hat, es war großartig. Das wäre nicht so schlimm, wenn sie anderes auch gelten ließe. Macht sie aber nicht. „Dieser Rosé ist einfach schlecht. Der geht gar nicht", findet sie., „der, den wir immer bei Luigi trinken, der ist klasse." Was willst du da sagen? „Dieses Zimmer ist eines 5***** Hotels wirklich nicht würdig. In Südafrika, da sind die Sterne noch was wert!" „Wir haben in USA wieder richtig zugeschlagen. Weißt du, in dieser teuren Boutique in LA, da kann ich nicht dran vorbei. Guck mal, dieser Pullover zum Beispiel..." Du bist leicht in der Klemme, denn dir war zu dem Pulli schon was eingefallen, wie >gab es den auch in deiner Größe?< und >hatten sie nicht einen in neu?< Nun gib mal deine Meinung zu dem guten Stück preis! „Also meine Tochter hat ja so was von mega in ihrer Bachelorarbeit abgeschnitten! Aber sie will erst mal nicht weitermachen." _?_

Weil es für die Zulassung zum Master-Studiengang nicht reichte?

„Unsere letzte Kreuzfahrt in die Karibik war ein echtes Schnäppchen! Da kommt sonst kein Anbieter mit." Später erfährst du, dass sie Innenkabine hatten und dazu noch eine besonders Enge. Aber egal! Es war mega! – Manch einer ist irritiert bei soviel Euphorie, andere fühlen sich dazu berufen, zu kontern oder zu diskutieren. Es fragt sich, ob das Sinn macht. Offensichtlich brauchen die Tollfinder das Gefühl, dass sie ein super Leben haben. Nur vom Feinsten, nur das Beste, so muss es sein. Sie sehen am Ende wirklich nicht mehr die Realität, weil sie ihnen auch gar nicht wichtig ist. Das Feel-good System greift einfach besser, bei grundsätzlicher Lobhudelei. Und mal ehrlich, wäre es nicht schön, wenn manches besser ginge? Du denkst an den letzten Urlaubsflug mit der Billig-Line. Du bist schlank. Trotzdem war der Sitz eng für dich. Deine Knie stießen an den Vordersitz, dessen Rückenlehne dir in 20 cm Abstand jegliche Sicht nahm. Deine Platzangst setzte sofort ein, weil diese Lehne auch noch dunkelst blau war und für einen Extra-Eindruck von Enge sorgte. Die Person neben dir hatte ihre 160 kg in den Sitz gequetscht und die Arme auf die Lehnen platziert, so dass du deine Sitzposition 45° nach rechts biegen musstest. Es ging dir 2,5 Stunden nicht gut. Bei Ankunft warst du schweiß gebadet und übel war dir auch. Wärest du ein Tollfinder, hättest du dich gefreut, dass der Flug so billig war, dass er nur 2,5 Stunden dauerte und dass du durch die Nähe deines Sitznachbarn nicht gefroren hast. – Siehst du! War doch ein mega Flug!

Und auch die Besserwisserin ist recht speziell.

Die Besserwisserin

Bevor du deinen Satz beendet hast, fällt sie dir ins Wort. Unabhängig vom Thema, ob Unterhosen-kauf oder Wasserstoffantrieb für Kreuzfahrtschiffe, äußert sie unaufgefordert massiv in belehrend-aufdringlicher Art und Weise ihre Meinung. Sie wirft mit Zahlen um sich und stellt deine Aussagen grundsätzlich in Abrede. Und das nicht nur manchmal, sondern immer. Es ist Prinzip. Du fragst dich, wie sie mit dieser Überheblichkeit und mangelndem Taktgefühl in ihrem Job zurechtkommt, steht sie doch in ständigem Wettbewerb, nicht um der Sache, sondern einzig um der Dominanz und des Rechtbehaltens wegen. Du fragst dich auch, woher sie die Chuzpe zu dieser Haltung nimmt. Du übst dich in Gelassenheit, solange du kannst. Irgendwann platzt dir der Kragen „warum zum Teufel behauptest du immer das Gegenteil von dem, was ich sage?" Verblüfft starrt sie dich an, als wäre ihr das nicht einmal bewusst.

Besserwisser – warum tun sie so, als wüssten sie alles? Es muss ihnen doch klar sein, dass jemand, der Wirtschaft studiert hat, die Fakten kennt und ein Laie sich besser zurückhält. Was muss jemanden reiten, der dem Arzt erläutert, wie Immunologie funktioniert? Wie kann eine, die damit so gar nichts am Hut hat, versuchen, dem Fachmann sein Metier zu erklären?

Ohne Psychologin sein zu müssen, leuchtet dir ein, dass es eine, die sich ständig profilieren muss, offenbar nötig hat. Sie zieht ihr Selbstwertgefühl daraus, sich anderen überlegen zu fühlen oder mehr zu besitzen als jene. Ihr mangelndes oder angekratztes Selbstbewusstsein verlangt moralisierend nach permanenter Bestätigung. Ein so bedürftiger Mensch kann nicht nachgeben, kann Nichtwissen weder ertragen, noch zugeben. Die Besserwisserin fühlt sich nur dann gut, wenn sie auf andere herabsehen kann. Dass dieses Bedürfnis in Wahrheit ein Zeichen von Schwäche ist, wird sie nicht realisieren. Tut sie das doch, wählt sie den einzig verbleibenden Weg, die Hochstapelei.

Besserwisser haben es im Leben nicht leicht. Ihr ständiges Dominanzstreben ist anstrengend und wenig befriedigend, besonders dann, wenn die scheinbar Unterlegene so eine direkte Frage stellt, wie „Warum tust du das nur? Warum nimmst du nicht einfach zur Kenntnis, dass du von diesem Thema keine Ahnung hast und hältst einmal die Klappe? Niemand würde dir das ankreiden."

Wo kann man Frauen besser beobachten, als in Gruppen? Wann hat man mehr Gelegenheit, Frauen in Aktion zu sehen, als beim Golftreffen?

In zwei Sekunden

Ist es tatsächlich so, dass wir andere Frauen so schnell in Schubladen stecken? Du wehrst dich? Das ist dir zu einfach? Zu oberflächlich? Sei ehrlich, in zwei Sekunden hast auch du dir ein Urteil über dein Gegenüber gebildet. Ein kurzer Scan einmal runter, einmal rauf – Kopf, Kleidung, Schuhe – Schuhe – Kleidung – Kopf, fertig. Dazu vielleicht noch die Stimme und die Sprache, was weitere fünf Sekunden braucht. Ob eine wirklich was drauf hat oder ein guter Mensch ist, das erfährst du erst sehr viel später, wenn du ihr eine Chance einräumst – falls du ihr eine einräumst! Und das ist höchst zweifelhaft, denn es kann schon an Kleinigkeiten scheitern. Eine, die solche Treter trägt? Oder womöglich ist sie 50 cm zu klein für ihr Gewicht? Näh, boahhh! Vielleicht hat sie eine unmögliche Haarfarbe. Oh! – Näh!– Gründe fänden sich genug, aber selbstverständlich interessiert dich nur ihr Charakter, denn du bist eine Gute, aber diese

Farbe... der erste Eindruck wiegt eben doch schwer.

Selbst wenn man sich auf jemanden eingelassen hat, kann es vorkommen, dass man diese Wahl irgendwann revidieren möchte. Es treten plötzlich Ansichten zutage, die mit den deinen nicht kompatibel sind. Und auch genau das Gegenteil hast du schon erlebt. Du musst zugeben, dass du dich zu schnell zurückgezogen hast. Nämlich bevor du erkannt hattest, dass du es mit einer ganz Feinen zu tun hast. Ihre Zurückhaltung hattest du vorschnell als „langweilig" empfunden. Später erkennst du, dass sie eine sensible, ehrliche Person ist, die durchaus Charme hat.

Es ist ja nie zu spät, sich Fehler einzugestehen. Man muss es nur wollen.

Manchmal hat man sich einfach dem Urteil anderer angeschlossen und einer Bekanntschaft keine Chance gegeben, weil eine andere deutlich bekannt hatte „näh, die kommt mir nicht ins Haus". Ich warne mich immer mal wieder selbst, nicht in das Fahrwasser von irgendwem zu rutschen. Das ist wie mit einem Kahn in einer

Stromschnelle. Hat der Strudel das Boot erst einmal erfasst, gibt es kein Entkommen mehr. Da kann man nur noch zusehen, dass man den Vorgang möglichst kontrolliert übersteht.

Die Grinsekatze

„Ich hab den anderen gleich gesagt, dass die total nett und lustig ist, wenn man sie erst einmal kennt." – Ja, aber wer kennt die schon?

Die ernste Frau überlegt sich genau, wem sie sich öffnet, wer sie kennenlernen darf.

Besonders in Gruppen ist das eine nicht ganz leichte Nummer. Da hat es die Grinsekatze meist viel leichter Fuß zu fassen als die Introvertierte. Sie lacht gern und immer, auch wenn es wenig Anlass gibt. Ihre Botschaft trägt sie mit den Zähnen vor sich her. Schaut, ich bin lustig, ich bin lieb. Sowie irgendwer ein Foto macht, strahlen einem die gebleckten Zähne der Grinsekatze entgegen. Leider sind wir nicht alle freundlich unvoreingenommen, tolerant und zugewandt. Und wenn man eine nicht so richtig einschätzen kann? Lohnt es sich dann überhaupt, sich näher mit ihr zu beschäftigen? Unter Frauen kommt das Phänomen der Stutenbissigkeit hinzu, die sich auf vermeintliche Konkurrenz fokussiert.

Die Fake-Maus

Davon sind allerdings nicht alle betroffen. Die unscheinbare graue Maus läuft meist problemlos mit. Sie bietet kaum Angriffsfläche für Emotionen dieser Art. Das Mäuschen haben die meisten rasch ins Herz geschlossen, denn es rührt ihren Beschützerinstinkt. Hilfreich sind blondes Haar oder braune, sanfte Kuller-Augen. Mit artigem Augenaufschlag fragt sie überzeugend hilflos, wie man etwas macht oder ob ihr jemand helfen kann. So eine Kleine versetzt andere sehr geschickt und äußerst subtil in die Situation, sich selbst sofort größer und stärker zu fühlen. Das ist höchst manipulativ und sie nutzt es schamlos. Als Konkurrenz wird sie nicht wahrgenommen, denn sie bedeutet vermeintlich wenig Gefahr. Natürlich hat schon manche das Gegenteil erlebt, wenn sich so eine den Mausepelz abgesteift und ihr wahres Gesicht gezeigt hat.

In jeder Damengruppe gibt es mindestens eine solche Fake-Maus. Immer wieder ist man erstaunt, was alles in so einer steckt.

Klein und zart erweckt sie den Eindruck, recht zerbrechlich zu sein. Fragt man, wie es ihr geht, flüstert sie mit zitterndem Stimmchen „nicht so gut". Man ist natürlich besorgt und fragt nach „Was ist denn los?" „Ach, nichts, lass mal." Sie hat bereits an anderer Stelle ihr Herz ausgeschüttet. Von der Seite wird man später aufgeklärt. „Sie hängt noch immer so sehr an ihrer Verflossenen. Die kann sie nicht abhaken, obwohl die sie schon vor fünf Jahren wegen einer anderen verlassen hat." Sie neigt zum Klammern. Mit ihrer jeweiligen Klammer – Freundin tritt sie dann immer eine Zeit lang im Doppelpack auf. Diese erkennt jedoch meist bald, dass ihr Schützling ein Energievampir ist und viel Kraft kostet. Diese kleine Person kann richtig stressen und durchaus giftig werden, was Beispiele zeigen. Als Renovierungsarbeiten in ihrem Haus anstehen, vermittelt die neue „Freundin" der Fake-Maus zu einem Freundschaftspreis einen befreundeten Maler. Er streicht ihr das Wohnzimmer nach ihrem Wunsch in Altrosa. Überall schwärmt sie von der Farbe und dem Maler. Nach einer Woche aber ruft sie diesen an. „Wissen Sie", sagt sie, „mit dieser Farbe kann ich so gar nichts anfangen. Die ist ja unmöglich. Das müssen Sie kostenlos neu machen, vorher bezahle ich nicht". Nun hatte sie ja selbst diese Farbe ausgesucht. Der Maler ist sauer und kündigt der Vermittlerin an, das sei sein letzter Gefallen gewesen. Nach langem hin- und her zahlt sie dann endlich doch. Allerdings beschwert sich die Fake-Maus bei der Freundin, was das für ein unmöglicher Kerl sei, den sie ihr da geschickt habe. Die kann nun auch die Verflossene verstehen und entschließt sich, diese Kuckucksfrau aus dem Nest zu schmeißen. So etwas Undankbares! Wie konnte sie sich so täuschen?

Auch beim Sport ist sie recht sensibel. Ihre Leistung stagniert, was offensichtlich an mangelnder Technik liegt. Rückschläge kann sie jedoch schwer verkraften. „Nein, sag nichts!" kommt mit erhobener Stimme und gar nicht mausig „Lass mich in Ruhe!" – Ja, dann ..–

In Diskussionen bringt sie sich nicht ein. Stumm sitzt sie in der Runde und lächelt milde. Der Wunsch „Habt mich alle lieb!" steht ihr ins Gesicht geschrieben. Später auf WhatsApp, also aus dem Off, meldet sie dann Kritik an und macht sich zur Anwältin vermeintlich noch Schwächerer.

Man hat den Eindruck, dass sie selbst das Gefühl, veralbert zu werden, fürchtet oder gut kennt. Zuweilen platzt jemandem der Kragen und sie muss sich per App oder auch real Zurechtweisung gefallen lassen: „Halte du dich am besten raus oder steh zu deiner Meinung." Manche hegt kein Erbarmen gegenüber Fake-Mäusen.

Hinter einer schwachen Fassade steckt zuweilen ein äußerst zielstrebiger und garstiger Wille. „Kümmere dich, ich bin so klein" kann eine fiese Falle sein.

Die Geduldige

Leichter hat man es mit den Geduldigen. Sie nehmen nichts lange übel, sie verzeihen viel. Sie sind die Ruhe selbst. Bevor so eine ausrastet, muss schon wirklich etwas passieren. „Ich muss nichts mehr müssen", sagt die und in solchen Momenten glaubt sie wirklich, dass das so ist. Als sie per SMS erfährt, dass ihr Captain sie für das Ligaspiel gegen eine Bessere ausgewechselt hat, ohne sie zu informieren, ist sie jedoch sauer. Sie ist enttäuscht und schnappt ein. Sie schwört, nun gar nicht mehr zur Verfügung zu stehen. Allerdings verfliegt diese Empörung sehr rasch, als wieder jemand gebraucht wird und die Frage an sie geht. „Na ja", sagt sie, „ich will die auch nicht hängen lassen." Wir wollen eben alle gern Harmonie. Und für andere ist so eine Geduldige eine Bank an Verlässlichkeit.
Manche jedoch findet, dass man es sich ein wenig zu leicht macht, wenn man immer den Weg des geringsten Widerstandes wählt.

Die Ehrgei-Ziege

Verlässlich ist auch das Verhalten der Ehrgei-
ziegen. Immer geht es um höher, schneller,
weiter. Ihr Leben ist großartig, ihr Mann hat
Erfolg, die Kinder sowieso. Das neue Haus ist
riesig, alles vom Feinsten. Unter einem Jaguar
kommt ihr kein Auto auf den Hof. Die
Bekanntschaften hören sich an wie das ‚who is
who'. Im Gespräch beherrschen sie das Name-
dropping wie keine andere. „Weißt du, als ich
gestern die Baroness von Wichtig traf, sagte die
auch,...“ Diese Ziegen sind von besonderer Art.
Sie machen dir ununterbrochen klar, wie hoch die
Latte hängt.

Wenn du mit so einer zum Beispiel golfst, kommt
dir leicht das Gefühl, dass es dabei nicht um
Leben oder Tod geht – nein, es geht um mehr.
Golfregeln werden bei ihr absolut eingehalten.
Wir spielen nach Turnierregeln, ist doch klar.
Stille am Abschlag! Die Reihenfolge beim
Schlagen einhalten, bitte, sonst ist das Monitoring

gestört. Erschwerend kommt hinzu, dass du als Mitspielerin eigentlich immer störst. „Kannst du da bitte weggehen, Du irritierst mich. Ich seh dich aus dem Augenwinkel. – Steh bitte nicht hinter mir, das macht mich nervös. – Bitte entfern dein Bag da, das ist mir unangenehm. Irgendwann reißt einer die Hutschnur „Entschuldige bitte, warum spielst du nicht lieber allein? Das geht schneller, als ich lerne, mich in Luft aufzulösen." Und schon ist Stimmung.

Sie glaubt, sie sei das Maß der Dinge und die Mäuseabteilung lässt sich dadurch auch regelmäßig beeindrucken oder sogar einschüchtern. Andere loben ihren Golfschwung, fragen aber in diesen speziellen Situationen schon mal nach „Sag mal, geht's noch?"

Die Italienerin

Ehrgeiz, also das Bestreben, ein gutes Ergebnis zu erreichen, geht nicht selten einher mit mangelnder Fähigkeit Niederlagen zu verkraften. Die Frusttoleranz ist bei Männern wie Frauen begrenzt. Läuft es mal nicht so, bescheißt man sich lieber selbst, als das zuzugeben.
Beim Golf meint das zum Beispiel das Zählen, was zu Anfang ja wirklich nicht leicht ist. Wenn aber routinierte Spielerinnen die Anzahl ihrer Schläge regelmäßig nach unten runden, kann das unmöglich Zufall sein. Nun ist es so, dass die Spielerinnen am Damennachmittag ihre Scorekarten tauschen. Jede zählt also die Schläge einer Mitspielerin. Meist fragt man höflicher Weise nach dem letzten Put „Was zählst du?" So geht man sicher, dass es später keine Unstimmigkeiten gibt. Wenn dein Ergebnis von ihrem differiert, solltest du eine Zählkette als Beleg benutzen. Da schiebst du bei jedem ihrer Schläge eine Perle weiter und kannst am Loch genau sagen, wie viele Schläge sie gebraucht hat.

Trotzdem versuchen es manche. „Ich habe 5." –
„Sorry, aber 5 hattest du schon am Grün, plus 2
Puts – also 7." „Echt? Da hab ich mich wohl
vertan." – Ja. – Und das versucht sie tatsächlich
noch öfter.

Schön sind auch die Schläge ins Rough. Alle
suchen den Ball der Mitspielerin im hohen Gras.
Drei Minuten sind dafür erlaubt. Dann, als alle
schon aufgeben, findet die Spielerin ihren Ball
plötzlich doch. Er liegt merkwürdiger Weise dort,
wo du gerade gesucht und soeben den Rücken
gedreht hast. –?–

Den Vogel soll eine Spielerin abgeschossen haben,
die ihren Ball in den Wald geschossen hat. Sie
ruft irgendwann „Fore!" (Achtung!) und der Ball
kommt in hohem Bogen über die Bäume heraus,
direkt aufs Fairway.

Dann folgt die Spielerin selbst. Ihre
Flightpartnerinnen starren sie an und grinsen
„Uta, wäre es nicht besser gewesen, du hättest
einen Schläger mitgenommen?" – Wie peinlich!

Beim Golf spielt jeder nur gegen sich selbst. Also bescheiße ich auch mich selbst, wenn ich betrüge. Warum sollte ich das wollen?

Immer wieder lernst du Frauen kennen, die beim Sport so dringend Erfolg brauchen, dass es schon schmerzt. Wie groß muss ihr Defizit an Bestätigung sein? Die Ehrgei-Ziege beweist sich auf allen Gebieten. Schon morgens vor dem Job schwimmt sie 1000 m. Ohne geht gar nicht. Das braucht sie. Abends rennt sie 5000 m. Sonst ist sie nicht ausgelastet. Beim Power-Fitness macht sie 3x die Woche die höchste Belastungsstufe. Na, wenn das nicht beeindruckt!

Man könnte allerdings auf den Gedanken kommen, dass sie mit all ihren Maxi-Power-Übungen, mehr geht nicht, versucht, vor etwas wegzulaufen. Womöglich vor sich selbst? Vor ihren Problemen? Davor, Zeit zum Nachdenken zu haben?

Und dann passiert es, dass es einer zu viel wird und sie haut etwas raus wie „Ich bin so unglaublich erfolgreich in meinem Job, da muss ich das nicht beim Sport sein.!" – Aua. –

„Ich will Spaß, ich will Spaß!!!" Ehrgeiz war mal. Heute gönne ich mir, nichts mehr müssen zu müssen, aber alles können zu können. – Wie schon erwähnt. Sport gehört zum Leben, denn er hilft dem Körper und sogar dem Geist intakt zu bleiben. Das denken jedenfalls die meisten, außer Winston Churchill.

Die Möchte-Gern–Tussi

Unter uns Frauen sind welche mit absoluter Führungsqualität. Sie sind so gut, dass es für schwache Chefs eine Herausforderung bedeutet, Starke das jedoch geschickt zu nutzen wissen. Solche Frauen kommen mit Hierarchien nur schwer klar und arbeiten am besten selbstständig, wollen sie nicht Dauerkonflikten unterliegen

Aber auch schwache Frauen brauchen zuweilen das Gefühl der Überlegenheit. Wenn sie überlegen wären, erübrigte sich das, aber so..
Die eine oder andere hängt deshalb gern mal die Chefin raus und versucht, andere wie ihre Kinder zu lenken. Sie gibt das weiter, was sie selbst erfährt. Diese Art der Bevormundung amüsiert erwachsene Frauen trotzdem wenig.

Als ich noch Newcomer war, schob mich einmal eine Dame beim Golf vom Abschlag mit der Ansage „Moment mal, du bist noch nicht dran. Ich habe ein besseres Handycap."‘ – Tja, ein

Handycap hatte sie wirklich, allerdings anderer Art. Sie ist bekannt dafür, dass sie anderen gern sagt, wo es lang geht. Neulich hörte ich sie in die Runde sprechen „Ihr wisst wohl nicht, wen ihr vor euch habt?!" Auf Nachfrage, wen denn, kam „Mein Mann ist Direktor." – ?— Ja und was bist du? – Doof. Zugegeben, solche Niveaulosigkeit ist selten, kommt aber vor.

Die Taktikerin

Und dann sind da noch die, die sich gern schonen und kein Risiko eingehen wollen, das sie irgendwie aus dem Tritt bringen könne. Sie sind gewohnt, den Weg des geringsten Aufwandes und möglichst ohne Umwege zu gehen. Trotzdem möchten sie Erfolg.

Bei Entscheidungen schließen sie sich gern der Mehrheit an. Das spart Konflikte. Häufig wiederholen sie in Diskussionen einfach das, was eine andere schon gesagt hat. Da braucht es kein eigenes Denken oder Reflektieren. Das Risiko, sich selbst mit einer Meinung zu positionieren, entfällt.

Auch sonst wählen sie gern den Pfad des geringsten Widerstandes.

Die Introvertierte

Rätselhaft sind die Introvertierten. Meist schauen sie ernst und eröffnen damit anderen unterschiedliche Interpretationsmöglichkeiten. Für viele ist das Ernste eine Hemmschwelle. Sie sind verunsichert, vermuten vielleicht sogar Arroganz. Man kann mit dem geschlossenen Blick einfach nicht gleich etwas anfangen. Dann beobachtet man erst einmal, wie die reagiert. Bringt sie sich ein? Was redet die? Zum Glück stellt sich meist heraus, dass die Introvertierte gut in die Runde passt, nur eben ernster ist, als die meisten.

Die Pro-Lette

Eine, die ihr Herz auf der Zunge trägt und mit hier ungewohntem Ghetto–Sprech zum Besten gibt, was sie für sagenswert befindet, gibt es auch in jeder Gruppe. „Eih, Bettinoa, kann ich ma das Salz ham? Alter Schwede, das is ja scheiß heiß! Kann einen keiner warnen, dass der verkackte Teller so heiß is?" Wenn dann das Äußere noch dazu passt, ist die Pro-lette perfekt. Der Rock zu kurz und viel zu eng, das Shirt bis zum Busen offen, BH auch zu eng. Dazu noch peinliches Orange-Blond in viel zu langen Haaren. – Basta. That's it. Du denkst, ich übertreibe? Schau dich mal um. Proletten, blond oder gern auch dunkelschwarz gefärbt, gibt es überall. Männer, die sich auf dieses Niveau eingeladen fühlen, auch. Na, wir wollen nicht übertreiben. Auf Golfplätzen ist die Prolette eher eine Ausnahmeerscheinung.

..das ist keine !

Hauptsache Belohnung!

Erfolg fordert Belohnung. Belohnung kann aber nur der erwarten, der etwas geleistet hat. Das sollten schon Kinder lernen. Wem diese Erfahrung fehlt, der wird im Alltag enttäuscht werden.

Für manche ist es schon Belohnung genug, wenn sie einen schönen Tag hatte. Wenn Carpe Diem ihr Lebensmotto und damit schon alles gesagt ist. Beneidenswert!

Carpe diem, nutz' deine Tage
Freude und Sorge halten die Waage
Dir ist bewusst,
jeder kann der letzte sein
jeder Tag Genuss
jeder einzelne ist dein.
Wer seine Tage nicht genießt,
dem das Leben durch die Finger fließt.
Wer nur an morgen denkt,
versäumt das Heute.

Nach manchen Sportarten oder auch Spielveranstaltungen, folgt als Belohnung nicht nur eine Siegerehrung, sondern eine Preisverteilung. Beim Bingo sind das Kaffee, Kerzen, Kleinigkeiten. Beim Sport gibt es Urkunden oder auch Pokale. Beim Golfen lässt sich der Ladies' Captain immer Neues einfallen, Überraschung! Schön, praktisch oder auch nutzlos, aber witzig. Meist gibt es Golfbälle. Die kann jeder gebrauchen, weil sie sich so schnell verpieseln, wie man gar nicht gucken kann. Aber manchmal sind auch Geschenke dabei, die sie erst erklären muss. Einmal war da eine Art Sieb, hübsch verschnürt. „Captain, was ist das bitte?" fragten gleich mehrere im Chor. „Das ist total klasse," erklärte sie, „Das packst du in den Abfluss deiner Duschwanne und dann sammeln sich darin all die Haare, die du da sonst rausfischen musst". – OH! – Wie praktisch! – Stille. Dann hört man ein leises >Wie eklig ist das denn?<

Ein anderes Mal war der 1. Preis ein Gürtel ohne Schnalle. Die Erklärung kam prompt. Damit kannst du beim Klobesuch die Hose schneller runterkriegen. Diesen Vorteil darf man nicht unterschätzen, wenn es um das Pinkeln während einer Golfrunde geht. Manche Anlagen haben nur auf der halben Strecke, also nach ca. zwei Stunden, eine Toilette. Frau, die nicht so lange aufhalten kann, muss – ob sie will oder nicht – ins Naturklo. Und wenn du dann da zwischen den Büschen hockst und dich tierisch beeilen musst, damit du den nachfolgenden Flight nicht mit deinem nackten Hintern erfreust oder ein Festessen für Mücken wirst, lernst du so praktische Details schätzen.

Überhaupt: Besonders unpraktisch für Besuche des Naturklos sind Skirts. Diese Sportröcke mit eingenähter enger Hose darunter sind beim Hocken im Grünen schwer zu handeln. Manch eine, die bei einem solchen Ding versucht hat, durch das Hosenbein zu zielen, war froh, wenn die Sonne schien und das unvermeidbare Malheur, schnell wieder trocknete.

Schön sind auch die neonfarbenen Schnürsenkel und nie übertroffen, die unvergleichlichen Plastiklippenstifte als Schlüsselanhänger, von denen der Ladies' Captain selbst total begeistert war..

Du verstehst, dass sich Spielerinnen um diese Preise kloppen?

Pinkel-Stress

Wo wir schon einmal beim Thema sind, die Pinkelnot ist eine speziell Weibliche. Hätten Frauen es so leicht wie Männer, könnten sie sich überall und nirgends an einen Baum stellen, gäbe es dieses Problem nicht. Da Frau sich bei dieser Gelegenheit jedoch entblößen muss, braucht es einen möglichst verborgenen Platz. Dieser ist nicht überall zu haben. Daher versucht sie, bevor sie das Haus verlässt, ihre Blase möglichst total zu entleeren. Sie trinkt auch wenig Kaffee oder Tee, weiß sie doch, dass beides in doppelter Menge zeitnah wiederkommt. Stets pocht im Hinterkopf die Furcht, irgendwo müssen zu müssen, wo es nicht passt. Ich erinnere mich ungern an meine Skireisen. Morgens nach dem Frühstück hatte ich immer die Befürchtung, ich könne im Lift ein Bedürfnis bekommen. Deshalb trug ich das kleinste Tröpfchen noch zum Klo, bevor ich den Overall endlich schloss.
Und es gibt immer wieder Situationen, die Frau sich nicht wünscht.

Stau!

„Schatz, es geht nun wirklich nicht mehr!" – „Ich
komme nicht an die Raststätte heran, Liebes.
Schau dir all die LKWs an! In Viererreihen ist alles
dicht. Dieser Stau ist eine Katastrophe." Aber ich
halte jetzt schon zwei Stunden aus und habe
inzwischen Bauchschmerzen. Was soll ich bloß
tun?" „Du musst eben durchhalten, bis der Stau
sich aufgelöst hat." „Es geht nicht mehr! Ich
nehme jetzt eine Plastiktüte. Die habe ich
bestimmt noch im Handschuhfach." „Du wirst
doch nicht..!" Aber sie hat die Tüte schon
auseinander gefaltet. Gerade befreit sie sich
mühsam zwischen Armaturenbrett und Vordersitz
von ihrer Wäsche. Er schaut nicht hin. Das grenzt
an Akrobatik! Es dauert, es dauert, bis sie
aufatmet und sich wieder auf den Sitz fallen lässt.
„Geschafft! – Ich entsorge das gleich, wenn wir
halten", beruhigt sie ihn. Einige Stunden später
rollen sie zu Hause auf den Hof. Vorsichtig hebt
sie die Tüte aus dem Fußraum. Bloß nicht
auslaufen lassen! denkt sie. Bis sie entsetzt

feststellt, dass das Ding entschieden zu leicht ist. Da ist ein Loch im Boden! „Die Fußmatten mussten sowieso mal gereinigt werden, Schatz!" – Ein paar Tage später erfährt er am eigenen Leib, welche Not einen überfallen kann, der dringend pinkeln muss. Kurz vor ihrem Heimatort geraten sie wieder in einen Stau. Sie hätten nur noch drei Kilometer Luftlinie, aber die Autoschlange ist seit zwanzig Minuten eingeschlafen. „Liebes, setz dich bitte ans Steuer", ordnet er an, „ich hole dich wieder ein." Sprach's, verlässt das Fahrzeug und steigt über die Leitplanke zu zwei anderen Fahrern, die dort bereits ihre Notdurft verrichten, sehr zur Freude anderer Stauteilnehmer. „Männer haben es eben leichter," seufzte seine Frau.

Es gibt im Handel Flaschen, mit Lady's Adapter. Vielleicht sollten die zur Grundausstattung jeden Autos gehören. Oder aber, man macht es wie die, die stets einen Umzugskarton ohne Seitenteile im Kofferraum liegen hat. Kommt sie in Pinkelstress, durch Stau oder andere Unwegsamkeiten, faltet sie einfach den Karton auf, stülpt ihn sich über.

Dann hockt sie sich hin und ist für niemanden zu sehen. Ähnlich wirkt die Strand-Umzugskabine, die man sich anzieht und am Hals zubindet. Hier sieht man allerdings den Kopf. Damit muss die Kabinenbekleidete klar kommen. Was für ein Gesicht macht man da? – Eher zweite Wahl, oder? Die heutige Verkehrslage sorgt ja täglich für Überraschungen. Ich fürchte, der Autobahnstau bleibt ein Problem. - Auf dem Weg durch die Shopping Meile hat Frau inzwischen verschiedene Stützpunkte. Sie weiß genau, in welcher Abteilung des Kaufhauses, in welchem Eiscafé oder welchem U-Bahn Niedergang sich das nächst gelegene Klo befindet. Hilfreich wäre natürlich, wenn die WCs auch auf google-maps verzeichnet wären..– schon allein, weil die Plastiktüte ja noch aus ganz anderen Gründen ein Auslaufmodell ist!

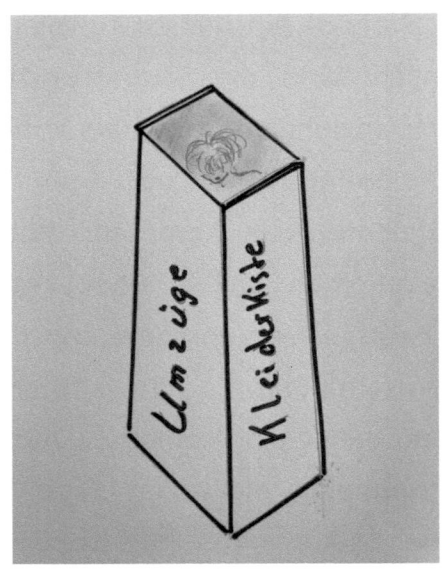

Rucksack voller Nöte

Beim Thema Gesundheit und Sport scheiden sich die Geister. Was wir uns noch zumuten können, hängt von mehreren Faktoren ab. Solange es nur um den inneren Schweinehund geht und unsere Selbstdisziplin sich die Hand vor die Augen hält >huh, du siehst mich nicht!< hat Frau die Möglichkeit, etwas zu ändern. Setzt unser Körper uns Grenzen, sieht das schon anders aus.

Hallenhalma und Stuhlgymnastik kann fast jeder. Auch Walken und Schwimmen, sowie Gymnastik sind lange zu bewältigen. Auf Nummer sicher geht Frau, wenn sie ihren Arzt befragt, was sie sich zumuten darf.

Golf ist definitiv auch ein Seniorensport, den man bis ins hohe Alter ausüben kann. Junge Leserinnen und jung–dynamische Spielerinnen blättern jetzt am besten zehn Seiten weiter. Nur wer starke Nerven hat, sollte lesen, was auf uns alle zukommt.

Meine Gedanken gelten den Spätsommer-Ladies, die schon fast alle mehr als 3 x 4 x 5 Jahre zählen. Deren Befindlichkeiten sind mir geläufig, die kann ich nachempfinden.

Viele von diesen haben Wehwehchen, sie sind in dem Alter, wo man Rücken hat, die Hüfte oder auch Knie sich melden.

Ein heikles Thema. Wenn wir älter werden, müssen wir notgedrungen hinnehmen, dass gewisse Fähigkeiten langsam dahingehen. Bei einer dies, bei anderen das. Merkwürdig nur, dass das, was schwächer wird, sehr unterschiedlicher Bewertung unterliegt. Wenn einer mit der Hüfte zu tun hat, erntet er Verständnis und Mitgefühl. Er kann auch ruhig darüber reden, denn zahlreiche andere kennen das Problem und schnell gibt es diverse Beiträge zu Hüft-OPs. Auch „Rücken" oder „Knie" darf man gern haben. Man muss sich nicht schämen, wenn der Halteapparat langsam erschöpft ist. Dass man alle Naslang eine neue Brille braucht ist auch normal. Reicht eine zum Lesen und eine zum Fernsehen oder braucht es auch noch eine für die Arbeit am PC? Andere Schwächen trägt man nicht so gern vor sich her. Die sind irgendwie heikel, die sind ein bisschen peinlich, derer schämt man sich fast. Du weißt, woran ich denke? – Elsbeth möchte nicht zugeben, dass sie immer weniger hört und für eine Hörhilfe ist sie zu eitel. Darum schaut sie in Gesellschaft immer sehr interessiert in die Runde und nickt ab und an zustimmend mit dem Kopf. Peinlich wird es immer dann, wenn jemand überraschend zum Thema fragt und Elsbeth etwas völlig Zusammenhangloses antwortet.

Immer seltener nimmt sie deshalb Einladungen an. Große Runden machen sie nervös und strengen sie an. So zieht sie sich immer mehr zurück und droht zu vereinsamen. – Hans verliert immer öfter den Faden, wenn er etwas sagen möchte. Dann fällt ihm plötzlich ein Wort nicht ein. Zuerst konnte er das Problem noch herunterspielen „hab heute wieder ein Sieb im Kopf, ha, ha". Aber es macht ihm zunehmend Angst. Ingo schreibt heimlich beim Golf die Namen seiner Flightpartner auf die Scorekarte, weil er sie sonst schon nach der ersten Bahn vergisst. Dabei muss es nicht gleich eine Demenz sein, wenn einem hin und wieder etwas nicht sofort einfällt. Bei den Mengen an Information, denen es täglich ausgesetzt ist, setzt das Gehirn schon mal Prioritäten. – Im Restaurant neulich erfuhr ich das am eigenen Leib. Der Kellner zählte auf, was es außer der Karte an jenem Tag noch gab. „Wir haben noch Seezunge, Nudeln mit weißem Trüffel,...- Was darf ich Ihnen bringen?" Ich begann „also, ich möchte gern ....und dann war es weg, das Wort!........ich möchte ....ich öffnete meine beiden Hände ca. 25 cm weit.....na, diesen Fisch!" „Die Seezunge, sehr wohl," entschwand der Kellner höflich. Warum war mir das Wort Seezunge nicht eingefallen? Muss ich mir Sorgen machen? – Meinem Liebsten geht es ähnlich. Darum haben wir ein Spiel. „Wie heißt der Sänger von..? – Wie ist der Name der Schauspielerin, die ..?" Und dann sind wir froh, wenn uns unsere individuellen Problem-Namen einfallen – manchmal erst nach Minuten oder Stunden. – Nicht zuletzt spreche ich ein besonders heikles Handycap an. Nicht wenige ältere Frauen leiden an einer Senkblase. Bei schnellem Start, beim Aufstehen und auch bei Pinkeldrang können sie ihr Wasser nicht halten und es geht in die Hose. Ein Blasenband, ein Netz oder Botox–Spritzen können dieses unterbinden.

Wir sollten wohl gelassen hinnehmen, dass im Alter nichts besser wird, aber manches noch schlechter sein könnte. Es muss uns jedoch nichts peinlich sein. Über solchen Quatsch sind wir hinaus! Wir haben es uns verdient, unsere Schwächen zugeben zu dürfen. Und mal ganz ehrlich, irgendwelche hat doch jede, oder? Dritte Zähne oder Haarteile müssen wir hier nicht erwähnen.. Auch mit dem Gefühl, dass deine Nase, deine Füße oder die Ohren plötzlich zu wachsen scheinen, bist du nicht allein.

Eine der Damen hat schon zwei neue Kniegelenke. Sie hat Jahre lang begnadet Tennis gespielt, was für die Knie nicht wirklich gut war. Eine Golfrunde über 18 Loch ist ihr eine Qual. Gern stöhnt sie vor Anstrengung, was kein Wunder ist. – Bei ihr verhält sich die Körpergröße in cm zu Gewicht in Kg 1:1. „Ich war mal zwanzig Kilo leichter," erklärt sie beim Abendessen und piekst voller Wonne mit ihrer Gabel in die fette Sülze, die sich auf einem Bett aus ebensolchen Bratkartoffeln ausruht. – Von nix kommt nix, denke ich und stelle mir vor, was diese Knie aushalten müssen.

Unsere Essgewohnheiten ändern sich im Laufe der Jahre dramatisch. Trank man sein Leben Lang nur staubtrockenen Riesling, so darf es jetzt auch ein halbtrockner Wein sein. Eine, die sich in Vollmilchschokolade hineinlegen konnte, zieht. heutzutage Zartbitter vor. Oder auch umgekehrt. Alles geht, aber das meiste eben anders. Wenn Heißhungerattacken schnell aufeinander folgen, erinnert sich manche Spätsommerfrau an ihre Schwangerschaften. Man sitzt gemütlich beim Fernsehen und plötzlich geht es los. Schnell in die Küche, ein paar Scheiben Serrano geholt. Kaum ist der gegessen, ist ihr nach Gummibärchen. Die sind kaum runtergeschluckt, als sie sich an das leckere Eis im Kühlschrank erinnert.....Reines Lustfressen! – Andere essen plötzlich Mengen, die einem Bergarbeiter zupass kämen. Was soll man davon halten? Ein Trost zu wissen: Du bist nicht allein!

Nichts wird besser

Es müssen also nicht immer die großen Beschwerden sein, die Frau belasten. Da reicht auch schon ein Hallux. Der verbreitert den Fuß und bei langem Tragen von Schuhwerk tut er richtig weh. Wenn nur ein Fuß betroffen ist, ist das richtig Mist, denn dann braucht man unter Umständen zwei Schuhe in unterschiedlichen Größen. Wo gibt es sowas?

Zu den Kleinigkeiten, die Frau richtig piesacken können, zählt auch der Holznagel. Ist ein Fußnagel so richtig verdickt, kann Frau nur noch spezielle Schuhe oder Peeptoes tragen, denn der Druck auf den Nagel schmerzt richtig.

Wie gern hat Frau in früheren Jahren hohe Pumps getragen! So elegant! Erst mit hohen Schuhen sieht eine Klamotte so richtig toll aus. Nun, mit einigen Jährchen mehr, verzichtet sie zumeist auf diesen Auftritt. Sie trägt lieber flach und bequem, statt mit Fuß- und Rückenschmerzen herum zu stolpern. Manch eine stellt sich die

Lieblingspumps ins Bücherregal und schaut sie hin und wieder verträumt an.

Erinnerungen werden wach. Diese Schuhe trug sie einst beim Sex mit Karl.

Träume – Gedanken an Liebe und Sex stellen sich so häufig ein, wie das Bedürfnis danach. Leider oder auch zum Glück – es kommt auf den Blickwinkel an. Während Männer fortgeschrittenen Alters mit dem Problem der Erektionsschwäche klarkommen müssen, kennt die Frau jenseits der Menopause die Trockenheit der Wüste Gobi. Scheidensekret fließt nicht mehr wie früher, die Schleimhäute sind trocken und empfindlich. Beide Probleme lassen sich lindern. Potenzsteigernde Mittel, Hormonsalben und Gleitcremes lassen Sex entspannter erleben. Dennoch, ...

Wohl denen, die mit den Jahren ruhiger werden. Wenn der Trieb nicht mehr drängt, ist manche froh, wenn ihre Ehe oder Beziehung den Sturm überdauert hat und sie nun traute Zweisamkeit genießen kann. Und sollte es sie doch hin und wieder überkommen, legt sie Hand an und freut sich, wenn das Erfolg hat. An dieser Stelle möchte ich einen Filmtipp loswerden. Hochsensibel und ungewöhnlich intensiv „Irina Palm". Es geht um eine Großmutter (Marianne Faithful), die um das Geld für eine OP ihres Enkels zu verdienen, einen besonderen Job annimmt.

Ist dir auch schon aufgefallen, dass die Unbefangenheit, mit der du dich ein Leben lang gezeigt und auch ausgezogen hast, mit dem Alter einer Art Präventionstaktik weicht? Du hast nun eine ganze Kollektion von riesigen Tüchern und Schals zum Verhüllen deiner Schönheit. Deine Bikinis haben Ausgehverbot. Nur auf der heimischen Terrasse dürfen sie noch an die Luft. Auswärts kommt der Einteiler ins Spiel. Deine kurzen Röcke trägst du – wenn überhaupt – im Herbst und Winter mit Nylons. Nackte Beine stecken in weiten langen Hosen oder unter ebensolchen Röcken. Frauen mit Stil lassen jenseits der 2 x 4 x 5 auch die Oberweite in der Bluse. Issey Miyake, der japanische Designer, hat eine Modeserie „Pleats, please" (Falten, bitte!). Feinste Falten machen die Kleidungsstücke zu wunderschönen Unikaten. Frauen älteren Jahrgangs hingegen lassen ihre Auslagen lieber bedeckt, frei nach dem Motto „No pleats, please!"

Gern rate ich aber zu Farbberatungen, wenn sich eine nicht sicher ist, ob sie noch diese oder jene Farbe tragen kann. Pink und lila sind für ältere Frauen genauso gefährlich wie beige. Man vertue sich nicht. So ein Beige, das eigentlich zurückhaltend elegant gemeint war, kann leicht so cremig aussehen, wie ein Sargtuch. Beige ist nämlich nicht Beige! Besonders gefährlich ist auch ein aufregendes Grau. Das sieht toll aus an jungen Mädchen und Ladies. Es ist oft der Tod für Spätsommer-Frauen.– Ja, ja, Kleider!

Kleider machen Frauen

Dass Frauen im Allgemeinen glauben, nichts anzuziehen zu haben, ist ein bekanntes Phänomen. Immer fehlt das, was Frau gerade bräuchte. In manchen Schränken sieht es aus, wie im Modehaus. Nach Farben geordnet hängt die Garderobe samt passenden Accessoires an Ständern. Da kann es schon passieren, dass sie auf Stücke stößt, an denen noch die Etiketten hängen. Andere hat sie noch nie gesehen oder über die Zeit vergessen. Wenn 60 Pullover sich mit 50 Hosen, 30 Röcken und 45 Paar Schuhen den Raum teilen müssen, wird es schon eng. da freut sich die, die ein Schrankzimmer ihr eigen nennt, wo an den Wänden noch Platz für Regale ist. Schließlich müssen Gürtel und Handtaschen auch noch untergebracht werden, ganz zu schweigen von Dessous.

Es ist auch total verständlich, dass es Frau schwer fällt, sich zu entscheiden, wenn sie zwischen 20 schwarzen Hosen wählen kann.

Welche soll sie – es häng ja von ihrem jeweiligen Befinden und ihrer Stimmung ab – mit welcher der 35 Blusen kombinieren? Und was kommt drüber? – Den meisten Spätsommerfrauen wird es zunehmend wichtig, dass Kleidung bequem ist. „Elastan" ist ein Zauberwort. Auch „A_Linie" verspricht entspanntes Tragen. Manche erträgt nicht mal die bequemste Unterwäsche, sondern empfindet das Gefühl eines BHs um den Körper herum wie einen Eisenring – sei das Gerät auch noch so weich. Einige entscheiden sich deshalb für „Oben ohne", was wiederum meist kein optisches Highlight ist. Wenn die Oberweite, die einmal ihr Stolz war, nun flach auf dem Bauch aufliegt, ist das schon deprimierend. Und es erleichtert nicht gerade das Bekleidungsproblem.

„Schatz! – Ich kann nicht mitkommen, ich hab zur Hochzeit deiner Schwester nichts anzuziehen!"
Eventuell das Blaue, du erinnerst dich? Ja, das sieht doch gut aus. Der Rock ist aber so weit, dass ich mich beim Treppensteigen sehr vorsehen

muss. Dann nimm das Schwarze. Schwarz und schlicht. Das steht dir am besten. Ach nö – ich möchte auch mal was Anderes. Frau Dr. von Wichtig trägt seit Jahren immer das gleiche Kleid. Wenn die das kann, wirst du das ja wohl auch können. Zu dem Schwarzen hab ich keine vernünftigen Schuhe. Vernünftige Schuhe hast du in deinem ganzen Schrank nicht, Schatz. Was verstehst du schon von Schuhen, Hasi! Na, soviel immerhin, dass ich weiß, welche ich bedenklich finde. Ach ja? Welche meinst du? Meine Schuhe gefallen dir also nicht! Doch, an sich schon, aber...Was, aber? Wovon sprechen wir jetzt? Also, da sind zum einen die >Nicht-zum-Gehen-Pumps< in schwarz. Die sind so hoch, dass du sie gerade vom Auto zur Veranstaltung tragen kannst. Dann musst du stehen bleiben oder dich setzen, denn anzusehen, wie du darauf gehst, schmerzt nicht nur jeden Orthopäden. Ja, aber die sind von Dolce und soooo süß! Darum hab ich sie jetzt auch ins Bücherregal gestellt. Da kann ich sie immer ansehen. –?– Na, da stehen sie gut. Ich kenne auch noch die braunen

Zehenquetscher, die so spitz sind, dass kein normaler Fuß hinein passt. Och, wenn ich die nicht so lange anhabe, gehts. – Vielleicht, ziehe ich den Hosenanzug an und lila Schuhe dazu. Wenn es sein muss.. aber bitte nicht die Nur-zum-Stehen-Hose, in der du wieder keine Luft kriegst. Du weißt, es wird viel gesessen auf einer Hochzeit. In der anderen sehe ich aus wie eine Presswurst! Da krieg ich gleich ne Depression! Ist es jetzt schon soweit, dass ich die Bequem-Nummer fahren muss? Schatz, du sollst Spaß haben und das Fest nicht nur ertragen. Vielleicht versuchst du es mal mit würfeln? – Du hast ja noch ein wenig Zeit bis zur Feier – in zwei Jahren.

Eine, die ihr Leben lang schlank war, schmerzt es sehr, wenn dieser Zustand sich im Alter zu Ungunsten der Figur verschiebt. Das Bindegewebe wandert ohne zu fragen nach Süden und findet leider nicht mehr nach Hause zurück. Nicht nur die Wangen hängen, die Unterseiten der Oberarme benehmen sich wie German Wings. Die Haut der Oberschenkel ähnelt frappierend der von Saftorangen. Da wo früher einmal eine Taille war, erhebt sich nun eine fiese Rolle – ganzjährig, keine Frühlingsrolle – und plötzlich bemerkst du einen mittelschweren Höhenzug vorn zwischen den Hüftknochen, auch Bauch genannt. Der ehemals feste Knackpo, auf den man so stolz war, schmiegt sich nun ängstlich wie Pfannkuchen an die hinteren Oberschenkel und schreit nach Push up. Von der ehemalig leckeren Oberweite ist nur noch die Erinnerung intakt.
Das Altern ist nicht fair.

Jede, die diese Erscheinungen kennt, hat wahrscheinlich schon einmal eine Diät ausprobiert. Jede hat mit Sicherheit festgestellt, wie wenig sinnvoll so etwas ist. Der Jo-Jo Effekt nach einer Hungerkur ist frappierend.

„Schatz, möchtest du noch Kartoffeln? – Auf keinen Fall! Ich muss dringend abnehmen! All diese Feiertage sind meiner Figur nicht bekommen. – Ach, Schatz, ich liebe jedes Kilo an dir. – Machst du Witze? – Und nun willst du hungern? – Nein, ich esse lowcarb und außerdem 8/16. – Was ist denn das schon wieder? Ich kenne 08/15, aber 8/16? Und was ist lowcarb? – Das ist Essen mit wenig Kohlehydraten und gar nicht 08/15. 8/16 bedeutet, dass ich nur 8 Stunden am Tag esse, danach 16 Stunden nicht. – Ach, das fällt dir sicher ganz leicht! höhnt er und grinst. Er kennt ja ihre Gewohnheiten. Zur Tagesschau gibt es ein schönes Glas Wein. Kaum hat der Spielfilm begonnen, schleicht sie in die Küche. Der Teller, mit dem sie zurückkommt, ist voll leckerer Käsewürfel und Weintrauben. – Nur für den Fall, dass du Lust darauf hast, mein Lieber. – Klar. – Als er das erste Mal zugreift, sind gerade noch zwei Trauben und ein Stück Käse da. Ertappt bewegt sie sich erneut in die Küche. Das Schälchen mit Schokis stellt sie neben die Chips. Er mag es nicht so süß. Bevor der Film zu Ende ist, vernichtet sie noch genüsslich mehrere Scheiben Parmaschinken. – Ach, ein Glas Bier wird doch erlaubt sein? – Soviel zu 8/16 und lowcarb. Diese abendlichen Exkursionen zum Kühlschrank werden auf Dauer recht kostspielig. Wenn die Naschereien sich auf die Hüften schwingen – und diese fiese Eigenschaft haben die –, braucht sie nicht nur neue Hosen, denn Größe 34 ist nur endlich dehnbar – auch bei 4% Elastan. Früher kannte sie Gewichtsprobleme nicht. Klar, da war sie auch jünger und der Stoffwechsel funktionierte anders. Jetzt, im Ruhestand ist aber nicht nur der verminderte Stoffwechsel schuld, sondern vielmehr die Ruhe selbst. Bewegung ist das Zauberwort! – Was hältst du davon, wenn wir beide jeden Morgen, bevor du wieder essen darfst, zum Bäcker walken? – Vor dem Frühstück? – Klar. Danach haben wir uns die frischen Brötchen verdient. Vollkorn, natürlich! Wir können auch die kleinen Einkäufe zu Fuß oder mit dem Rad erledigen. Und die TV–Nascherei kriegen wir auch in den Griff. Du ersetzt einfach alles durch Gürkchen. Wirst sehen, bald passen die Jeans wieder, auch wenn du ganz normal isst.– Ach, du bist ein Schatz! – Weiß ich, Liebste, obwohl mich die paar Pfunde mehr an dir wirklich nicht stören. – Von dir kann ich nämlich gar nicht genug kriegen.

Und sie ist trotz seiner Liebeserklärung nicht erfreut.

Win-Win

Kennst du irgendeine Frau, die mit ihrem Äußeren absolut zufrieden ist? Im Gegensatz zu den meisten Männern neigen Frauen zu messerscharfer Selbstkritik. Objektiv gesehen, besteht wahrscheinlich meist wenig Grund zum Meckern, aber objektiv kann man dieses Phänomen eben nicht betrachten. Anna wird von Freundinnen um ihr wundervolles rotes Haar beneidet, aber sie selbst ist sehr unglücklich damit. „Schon als Kind wurde ich gehänselt! Meine Mutter band mir nachts ein Haarnetz um, damit meine Locken nicht so abstanden. Ich war immer die Hexe," beklagt sie sich. Und dieses Trauma wirkt nach. Dass Anna heute eine ganz besondere Frau mit extrem schönem Haar ist, ist ihr nicht bewusst. – Bibi leidet unter ihrer Oberweite. Es ist ihr einfach zu viel des Guten. Besonders nervig empfindet sie, dass der erste Blick jeden Gegenübers immer erst einmal eine Etage tiefer landet. „Sei doch stolz drauf!" rät ihr eine Freundin, „bei mir ist es das Gegenteil. Ich stopfe aus oder trage Pushups, damit es nach was aussieht."– Irgendetwas stört Frau immer. Ob es die Haare, die Nase oder die Oberschenkel sind. Kennen Sie einen Mann, der sich so kritisch sieht? Max beschreibt sich auf einem Portal für Partnersuchende als sportlich und schlank. Dass Storchbeine nicht „schlank" und Rettungsringe um die Hüften mit „sportlich" nicht sehr gut beschrieben sind, ist ihm wurscht. Dass unter dem schicken Cap keine Haare sind, weiß nur, wer ihn kennt. Sein Alter gibt er an, wie er sich fühlt, wie beim Wetter „20° gefühlt wie 15°" und Max beherrscht Photoshop. Im Rennanzug vor seinem Maserati macht er eine gute Figur. Eine Welt, die für manche Suchende verlockend ist. Pragmatisch gesehen erscheint ihr der Sachaustausch innerhalb einer Zweckgemeinschaft – von Liebe redet ja niemand – wie eine Win-Win-Situation. So lange der mit den Rettungsringen ohne Haare Neues zu bieten hat, nimmt sie es sportlich. Wenn aber jeder Sonntagnachmittag auf dem Sofa mit Fußball im TV und Flaschbier verbracht wird, ist das nicht lustig und killt auch die Zuneigung der Anpassungsfähigsten. Sie fühlt sich von sich selbst ertappt und die Komplimente von diesem Typen gestern..– wie hieß der doch gleich?..– fallen ihr wieder ein. „Sie sind eine kluge Frau", hatte er gesagt. – Wenn nur diese Cellulite nicht wäre! denkt sie. – Ja, so sind wir Frauen. Wenn unser Humor oder unsere Intelligenz gelobt werden, macht uns das misstrauisch und wir fragen uns, ob wir womöglich nicht attraktiv sind. – Einem Mann würde so was nicht einfallen....

Da schleicht sich wieder die Frage in den Vordergrund, ob Männer und Frauen überhaupt kompatibel sind. In zahlreichen Lebenslagen sind sie doch einfach sehr sehr verschieden.

Was Klassentreffen angeht, allerdings nicht.
Da denkt Frau „Boah, sind die alt!" und schämt sich ein wenig dabei. Und es zeigt sich hier deutlich, dass das Leben es nicht mit allen gut meint. Willa muss sich anhören „Ah, noch immer modisch wie damals!" Hört sie da ein wenig Neid?

Oder ist es Bedauern? Ihrem Liebsten ging es ähnlich.

Bin ich auch so alt?

Sein 50 jähriges Klassentreffen hat ihm sehr zu denken gegeben. Die Einladung samt Ablaufplan kam ein halbes Jahr vorher. Zwei Kameraden, die immer noch Vorort leben, hatten geplant. „Besichtigung der neuen Schule, Rundgang durch das Städtchen, Besuch des örtlichen Heimatmuseums,...Er dachte, das schenkt er sich. So alt kann er gar nicht werden. Aber ich sagte ihm „Geh' du mal schön hin. Wahrscheinich wird es netter als du es erwartest." „Du weiß, dass nett die kleine Schwester von....ist?" „Na!" Er fuhr also die 350 km zurück in seine Vergangenheit. Während der Fahrt erinnerte er sich an seine Schulzeit und war nun gespannt, was aus den Kameraden geworden war. Im besten Hotel am Platz – Hotel zur Post – sollten sie sich zur Begrüßung und zum ersten Umtrunk einfinden. Er ging also zur Rezeption und fragte nach dem Klassentreffen. „Saal B", war die knappe Antwort. Er ging den Gang hinunter und öffnete die Tür des Saales. Ein kurzer Blick genügte, um ihm zu bestätigen, dass er die falsche Info bekommen hatte. Er wanderte erneut zur Rezeption. „Entschuldigen Sie, in B ist nicht mein Klassentreffen. Wo könnte es sein?" „In Saal B. Wir haben hier heute nur ein einziges Klassentreffen", maulte der Typ am Empfang. Er war verwirrt, versuchte es aber erneut. Ein wenig zögerlich öffnete er die Tür und zu seiner großen Überraschung riefen gleich mehrere Stimmen „Komm doch rein, Max!" Die kannten ihn! – Tja, all diese alten Männer entpuppten sich als Dieter, Ralph, Klaus und wie sie damals alle hießen in der 13a. Er gab sich Mühe ein freundliches Gesicht zu machen. „Ja, ja, der Max! Immer noch so ein Frauentyp!" unkte einer. „Hast dich gut gehalten, alter Knabe!" Er lächelte zu dem Kompliment und es war ihm peinlich, dass er sprachlos war. In seinem Inneren brodelte es. War er auch so alt? Natürlich hat er weißes Haar, aber ... „Bist ja so schweigsam, alter Knabe! Das kennen wir von dir ja gar nicht!" „Bin noch nicht ganz angekommen...– ?" „Gerald, immer noch." „Gerald, klar. – Das wird schon noch." – Und dann wurde es doch ein netter Abend, als sie alle in Erinnerungen kramten und uns schlapp lachten „weißt du noch, damals ..." Alte Leute leben eben von Erinnerungen, das weiß man ja.

Mode ?

Solange Frau im Berufsleben steht, weiß sie, dass es täglich auf ihren Auftritt ankommt. Den plant sie sorgfältig. Allerdings nicht zu lange im voraus, denn die spontane Befindlichkeit kann das gesamte Konzept schnell wieder über den Haufen werfen. „Leg dir doch schon mal die Klamotten für morgen raus," rät er ihr, „dann kommen wir pünktlich weg." Illusorisch. Am nächsten Morgen steht sie vor dem Spiegel und betrachtet das Elend. Ne, damit fühlt sie sich heute nicht wohl. Neuer Versuch. – Ne. Nach Hose ist ihr nicht. – Vielleicht das weiße Kleid? – Oh, Mann! – Die Zeit drängt. Schließlich wirft sie einen weiten Pullover über und pellt sich in enge Jeans. Dazu Ballerinas und ein Paschmina. Fertig. – Warum nicht gleich so? – Weil sie das vorher nicht weiß!– Er versteht das natürlich überhaupt nicht.

Ist sie aus dem Job raus, endlich im Ruhestand, langweilen sich all die tollen Outfits im Schrank. Man braucht sie nahezu gar nicht mehr. Wann auch? Wenn man nur noch Freizeit hat, setzt man die Prioritäten anders. All die Blazer, all die Pumps... jetzt Thema verfehlt. „Ich krieg meine Klamotten nur noch einmal die Woche an, nämlich wenn ich einkaufen fahre. Ausnahme, wenn ich mal Essen gehe, aber das macht man ja nicht jede Woche." Ich brauche jetzt eigentlich nur noch Sportklamotten oder Praktisches für den Garten.

Sport-Oufits sind heutzutage durchaus schick, wenn man das findet, was zu einem passt. Es muss auch nicht der Rock von xxx für über 150€ aus dem Shop sein. Die kreative Sportlerin findet bei normaler Damenbekleidung Ähnliches für einen Bruchteil des Preises.
Die gängigen Modemarken sind Frau natürlich bekannt. Hat also eine was Neues an, machst du ihr ein Kompliment „Dein Kleid ist sehr schön. Das ist doch aus der Kollektion von yyy, nicht wahr?" Die Trägerin fühlt sich geschmeichelt.
Da die Designer ja Geld verdienen wollen, erklären sie von Jahr zu Jahr neue Farben zu

Modefarben. Wenn du nicht zu den Ladenhütern zählen willst, machst du den Zirkus, wider deine Überzeugung, mit. Jeder weiß, dass „Grau" letzte Saison war und dieses Qietschegrün schon von vor zwei Jahren ist. Nur wenige Frauen machen sich frei von solchem Diktat. Schlecht, wenn Frau ihre Farben gar nicht kennt, noch schlechter, wenn Frau zu Hause keinen Spiegel hat.

Eine kleidet sich immer schwarz, immer eine Größe zu viel. Immer oversized. Die andere kauft immer eine Größe zu wenig, was ihr den Spitznamen „Mops" eingebracht hat. Für beides gibt es wahrscheinlich Gründe. Im ersten Fall ein deutliches Signal gegen die eigene Weiblichkeit, im zweiten ein wunderlicher Drang zu der Behauptung „ich trage 36!". Beides Rätsel für Männer. – Die wüssten gern warum.

Andere würden gern bei Tennis, Squash oder Golf diese schicken kurzen Skirts tragen. Sie trauen sich aber nicht. Frauenbeine sind eben nicht alle schön und auch die Schönen mutieren im Alter gern zu solchen, die Frau nie haben wollte. Also bleiben Frauen mit Stil oft bei Hosen. Es fällt jedenfalls auf und senkt meist auch die Hemmschwelle anderer, wenn eine den Mut hat, im wadenlangen Rock aufzulaufen. Dabei kann das sehr edel aussehen und so ein Rock stört tatsächlich überhaupt nicht.

Bei aller Kreativität und Freiheit unterliegt die Bekleidung auf dem Golfplatz natürlich der Etikette des jeweiligen Clubs. Mancherorts ist das Tragen von Jeans erlaubt, woanders nicht. Fast überall aber herrscht Kragenpflicht. Spaghettitops schließen sich so von allein aus. Die Möglichkeit, üppige Auslagen zu präsentieren, auch.

Neulich haben wir auswärts gespielt. Plötzlich stöhnt meine Freundin auf. Ich denke, sie hat sich verletzt, aber sie hat nur einen Schock.

„Oh, näh", stöhnt sie, „schau mal diese fürchterlichen Beine! Das beleidigt meine Retina denn doch. Kann die nicht ne Hose anziehen?" Nein, meine Freundin ist nicht gemein, sie ist nicht arrogant, nur empfindsam, was Ästhetik und Stil angeht. Was da kommt ist ca. 80 Jahre alt und sehr sehr mager. Es trägt extrem kurze Shorts – früher nannte man so etwas Hot Pants – so dass man freien Blick auf zwei kalkweiße Beine mit dicken, blauen Krampfadern und zahlreichen dunklen Flecken hat. Damit nicht genug, es trägt ein Ensemble in lila und pink. Die Haarfarbe korrespondiert mit der Farbe der Krampfadern.

Warum sagt ihr nicht jemand, der es gut mit ihr meint, dass es andere Möglichkeiten gibt? Klar, weil das „sagen" immer ein Risiko ist. Kritik schmerzfrei zu verpacken, ist schließlich nicht Jederfraus Sache. Aber verletzen will man ja auch nicht.

Auch im Fitnessbereich kann Frau ihre Vorstellung von „chic" ausleben. Bunte Leggings zu bauchfreien Tops können bei einer jüngeren Zielgruppe süß aussehen. Betrachte ich meine Altersgruppe, sehe ich das kritischer. Für manche sind Hängerchen angesagter als bauchfreie Oberteile, schon damit der Höhenzug zwischen den Hüftknochen sich nicht erkältet (falls die Hüftknochen sich nicht schon in einer Frühlingsrolle versteckt haben!).

Die meisten Frauen tragen Caps beim Outdoor-Sport. Das hält nicht nur die Frisur in Schach und den Blick frei, es hilft auch, sich etwa auf einen Ball zu konzentrieren. Mutig, wenn eine beim Golf Hüte trägt. Komplimente und Neid sind ihr gewiss. „Süßer Hut!"
Mein Neuester ist orange und ein echter Knaller.

Frauen sind zum Teil sehr erfinderisch in ihrer Selbstdarstellung. Manche haben das mit dem Image total drauf, so oder auch so.
Hin und wieder reizt es mich, meinen Gestaltungs-Trieb an meiner Kleidung auszulassen. Ich trage bemalte Hosen und Shirts. Auf dem Rücken meiner Regenjacke tummelt sich eine flotte Lady. Die eine oder andere Dame hätte

das auch gern, aber das wollen wir mal gar nicht erst anfangen.

Mein Liebster findet, ich sollte nicht so auffallen. Wenn er schlecht drauf ist, kommt schon mal „Oh, Willa, wieder auf dem Catwalk heute?"

Es ist nicht neu, dass mir etliche Augenpaare folgen, wenn ich irgendwo auftauche. Das mag womöglich an meinem Gang liegen. Ungerechter Weise wird mir gern Arroganz unterstellt. Ich hatte seit ich vier Jahre alt war Ballettunterricht und habe etliche Jahre im Nebenjob Laufstege platt getreten. Das prägt. Das wirst du nicht wieder los. Mir Arroganz zu unterstellen, allein, weil ich aufrecht gehe, wäre infam.

„Weib," sagt mein Liebster, „du gehst nicht, du lässt gehen!" – Na und?

Ich fühle mich deshalb oft wie ein rosa Känguru in Grönland. Alle erwarten, dass ich mitschwimme, dabei kann ich nur hüpfen.

Manchmal auch nur noch auf und davon!

Mal im Ernst, Gehen ist mit zunehmendem Alter offenbar bei manchen Damen nicht mehr so im Focus. Wenig schön anzusehen, wenn die Beine noch auf dem Abschlag sind, der Kopf aber schon auf dem Grün. Auch kein optisches Highlight, wenn bei jedem Schritt das Fairway erbebt, als wäre eine Herde Elefanten unterwegs. Ich bin ja mal wieder so richtig fies heute!

Das rosa Känguru

Da ist es wieder
Das Gefühl
Es macht mich nieder
Stimmt mich kühl

Die anderen lachen,
verstehn sich gut
was kann ich machen?
Bin von anderem Blut.

Hier sind alle schwarz und weiß
Farbige eher selten
Darum scheint es mir sehr dreist
Wollt ich hier was gelten

Husche rasch von hier nach dort
Erkunde sorgsam diesen Ort.
Was sagt man dazu?
Schau! Ein rosa Känguru!

Kaum erkannt
Starr ich gebannt
Für die nächste Stunde
In die Runde

Versuche zu verstehen,
worum die Worte gehen,
die an mir vorüberrauschen.
Könnte ich wohl tauschen?

Die Puschlerin

Frau drückt sich nicht nur durch Garderobe aus. Auch auf Accessoires legt sie großen Wert. Der Gürtel darf gern zu den Schuhen passen, womöglich auch noch zum Handtäschchen. In meiner Jugend trug Frau auch noch passende Handschuhe.

Für manche Frauen ist sogar die Automarke wichtig. Ich kenne welche, die nie und nimmer in das eine oder andere Fabrikat einsteigen würden. Anderen kommt nur ein Einziges in die Garage. Manche finden das total bekloppt, weil so ein Auto einen ja nur von A nach B bringen soll. Ich kann das gut verstehen, wenn man sich einen dem Geschmack entsprechenden fahrbaren Untersatz zulegt. Als ich mir einen solchen nicht leisten konnte, habe ich darauf deshalb lieber ganz verzichtet. Zu Kompromissen war ich nicht bereit. – Tja!

Apropos Autos.

200 PS?

Mein Auto wird diesen Monat neun Jahre alt. Der Kilometerstand hat die 100000 längst überschritten. Soll ich es gegen ein neues, zumindest eines jüngeren Baujahres eintauschen?

Wenn erst Reparaturen kommen, denke ich... Soll ich kaufen oder leasen? Wer weiß, wie sich der Automarkt entwickelt. VW baut demnächst nur noch Fahrzeuge mit Elektroantrieb, Smart schon jetzt. Wenn ich kaufe, verliert der Wagen im ersten Jahr fast 25% seines Wertes. Das kommt in etwa dem gleich, was die Leasingraten ausmachen würden. Soll ich überhaupt ein neues Fahrzeug nehmen oder ist es schlauer, einen Jahreswagen anzuschaffen? Der hat den ersten Wertverlust schon hinter sich. Wie groß darf der Motor sein? „100 PS sollten doch reichen." –?– Nein, tun sie nicht. Power ist passive Sicherheit. „Ein Schaltgetriebe ist billiger!" Ich habe so die

Schnauze voll vom dauernden Schalten im Stau. Es wird 100% ein Automatikgetriebe. Ich fahre gern. Morgens begrüße ich mein Auto. „Moin, du. Auf geht's." Zuweilen auch „Hey, mein Schöner!" Und dann streiche ich versonnen über seine Heckrundung. Ja, man kann sagen, dass manches Auto recht erotisch daher kommt, während andere für mich einfach nur doof sind. „Wenn du dir einen Neuen anschaffst, überleg doch mal, ob das wieder ein Cabrio sein muss. Da geht so wenig rein! Und es zieht. – Aber das ist natürlich deine Entscheidung"... Ja, genau. Ich will Spaß haben, ich will mein Auto schön finden und keinen praktischen Lastenbeförderer von hier nach da bewegen. Natürlich weiß ich, wie unvernünftig das ist. Ein KFZ ist dazu da, von A nach B zu gelangen. Aber das kann man eben so sehen oder auch anders. Nicht ganz unwichtig ist auch die Farbe. Wie immer freundliches Schwarz oder mal Nachtblau? Ach ja, dazu unbedingt Ledersitze in hellgrau. „Bloß kein Leder, das klebt so bei Wärme! Lieber Stoff." „Ich hasse Stoffbezüge!" „Sorry, ist ja auch deine

Entscheidung." Wichtig ist mir auch die Popo-Heizung. Auf die kann mancher verzichten, zugunsten eines noch dickeren Soundpaketes. Ich nicht. – Was soll ich tun? – Vielleicht fahre ich den Alten doch noch ein wenig? – Was meint ihr?

Hat eine nen Tipp? Ich möchte die KFZ–Versicherung wechseln.

Versicherungswechsel online – ist doch ganz easy!

Versicherungen kann man heute online abschließen. Das spart Zeit und teilweise auch Geld. Portale vergleichen Angebote und du suchst dir das aus, was dir am günstigsten erscheint. Die Konzerne werben mit Superschnäppchen, Prozenten und Bargeld. Dir ist nur wichtig, dass der Vertrag steht, denn von all den Paragraphen verstehst du eh nichts. Sogar Versicherungswechsel sind völlig unproblematisch, denn der neue Anbieter übernimmt das für dich. Schiet nur, wenn die Daten nicht stimmen. Wenn du nach Monaten zum 12. Mal den falschen Vertrag zugeschickt bekommst, mit der Aufforderung, ihn zu bestätigen, wenn du 13 mal mit Online-Service-Kräften telefoniert hast und nichts geschieht, wenn dir der 14. versichert, er habe das mit der SF Klasse nun geklärt und alles sei ok und der nächste Vertrag enthält wieder die falschen Daten, dann weißt du nicht mehr wohin mit deinem Zorn. Du verlangst den Vorgesetzten der Telefonkraft zu sprechen. Nachdem sie noch einmal deinen ganzen Fall durchgegangen ist, verbindet sie dich widerwillig mit der Vertragsabteilung. Sie bittet dich um etwas Geduld und als deine linke Hand, in der du den Hörer hältst, krampft, weißt du auch, warum. Nach exakt 10 Minuten nimmt jemand ab! Deine Hoffnung auf Klärung zerschlägt sich aber schnell, als dir die Fachkraft erklärt, dass man Informationen von Vorversicherern nicht einholen könne, das überfordere die Mitarbeiter, die Personaldecke sei zu dünn. Wenn du zu deinem Recht kommen wolltest, müsstest du diese Informationen schon selber einholen und übermitteln. Für dich geht es um richtig Geld. Also hängst du dich wieder ans Telefon und wartest. Die Warteschleifen- Musik geht dir gehörig auf die Nerven. Das Spiel startet von vorn. Endlich hast du einen Sachbearbeiter dran, der sich wirklich für dein Elend zu interessieren scheint. Er verspricht, die fehlende Info beim Vorversicherer einzuholen und deiner neuen

Versicherung zu übermitteln. Du möchtest dich gern darauf verlassen, allein dir fehlt der Glaube. Bitte, überrascht mich! – Vielleicht doch zu einem Versicherungsagenten wechseln, einem realen Menschen, den man anrufen kann, ein wenig mehr bezahlen, aber dafür ungeheuer Zeit und nerven sparen? Oder gibt es die gar nicht mehr?

Kommen wir noch mal zurück zu Stil und Geschmack. Beides hast du oder eben nicht. Es ist auch nicht so, dass es nur selten um dieses Thema geht. Stil und Geschmack kleben an dir wie eine zweite Haut. Das kann von Vorteil sein oder auch hinderlich. Es erschwert Entscheidungen, es ist teuer, es ist zeitintensiv. Wenn du davon frei bist, schlag um und lies auf 102 weiter.

Auch ihr Golfkzubehör sucht Frau gezielt aus. Das Golfbag und der Trolley unterliegen dem individuellen Geschmack. Für das Gefährt, auf dem man das Bag mit den Schlägern durch die Landschaft schiebt, kann man schon mal ein Sümmchen hinlegen, das auch für einen Gebrauchtwagen reichen würde. Ästhetinnen bevorzugen puristisches Design. Da kommt kein Schnick-Schnack dran, der bleibt so, wie er ist. Edel geschwungen, der Antrieb unsichtbar, das Material Carbon oder Titan.

Und dann sind da die anderen, die sich ein Gefährt aus Kunststoff zulegen, weil ihnen wichtiger ist, was oben drauf ist. Und da steht es dann, das quietsche grüne oder pinkfarbene Bag. Jeder Schläger hat seine eigene, farblich abgestimmte, handgestrickte Mütze mit lustigem Puschel oben drauf. Andere verbergen ihr Werkzeug unter illustren Tierköpfen. Das sieht ein wenig so aus, als wären die armen Viecher geköpft und gepfählt. Aber ich bin da natürlich kein Maßstab, denn meine Schläger klappern im Bag wie eine Ladung Milchkannen. Vielleicht soll ich ihnen auch doch mal handgepuschelte Mützen verpassen?

Über Stil lässt sich eben nicht streiten.

Frauenfreundschaft

Zeig mir, wer deine Freunde sind und ich sage dir, wer du bist. Kann man von den Menschen, die einen umgeben, auf den Charakter schließen? Ist der Umkehrschluss erlaubt?
Fragst du dich auch manchmal, was die mit der will? Oder warum der mit dem die Zeit verbringt? Du kannst dir Gemeinsamkeiten nicht im Traum vorstellen, die unterschiedlichen Niveaus machen dir Kopfzerbrechen. Bedenke, dass es oft die Unterschiede sind, die einen anderen anziehend machen. Es muss sich nicht immer gleich und gleich zueinander gesellen. Das kennst du.
Freundschaften lassen sich meist problemlos schließen oder vermeiden. Aber so eine richtige

Freundin, das ist schon etwas Besonderes. Eine, der du absolut vertrauen kannst, die auch Intimes für sich behält. Deshalb ist Frau besser vorsichtig mit der Vergabe ihres Vertrauens. Wer möchte schon mit seinen Schwächen und Geheimnissen öffentlich konfrontiert sein, nur, weil die „Freundin" sich damit anderweitig wichtig gemacht hat.

Wenn man sich aber in Gruppen bewegt, stellt sich das ganz anders dar. Es ist mehr als verständlich, dass man nicht jeden mögen kann. Muss man ja auch nicht. Aber man kann versuchen, freundlich miteinander umzugehen. Konsequenterweise verzichtet man auf private Zusammenkünfte mit denen, die nicht kompatibel sind. Diese Haltung fällt allerdings nicht jedem leicht. Zuweilen heißt es mitgehangen, mitgefangen. Dann hast du jemanden an der Backe, der dir gar nicht passt, der aber dazugehört. – Irgendwie.

Du fühlst dich mies, denn du musst dich ja auch mit dieser Person unterhalten. Die Lösung ist

Smalltalk. Du wirst einfach nichts preisgeben. La,
la reicht.

Frauenfreundschaft

Eine Freundin hast du fürs ganze Leben
Kann es Schöneres geben?
Zeit, die ihr gemeinsam verbringt,
Jahre später noch als Erinnerung klingt.
Drum nimm dir jede Menge Zeit,
die nur ihr beide teilt, zu zweit.
Beste Freundinnen zusammen halten,
keiner kann dazwischen schalten.

Typen kommen und gehen.
Niemand kann verstehen,
wie schnell Sie Liebe dir gestehen.
Worte, die im Wind verwehen,
sobald sie die nächste Tussi sehen.
Du kannst dich noch so drehen,
lass niemals deine Freundin stehen!

Männer kommen scharenweise,

manche laut und andere leise.

Vielleicht schaust auch du verzückt

eines Tages auf dein Glück,

wenn du den Richtigen gefunden.

Dann kannst du dich freuen,

wenn deine Freundin noch bei dir.

Wirst es nicht bereuen.

Drum halte jetzt zu ihr.

Die Kompromissbereite

Besonders in Beziehungen sollte Frau zu Kompromissen und Zugeständnissen bereit sein, wenn es nicht zu schmerzhaft ist.

Bei gesellschaftlichen Verpflichtungen, wird sie Partnerin oder Mann natürlich möglichst begleiten. Manche dieser Festivitäten sind eher feuchtfröhlich und nicht immer erfreulich. Sie macht den Fahrer und verzichtet auf Alkohol, der aber der einzige Weg wäre, diese Party zu ertragen. Nach spätestens zwei Stunden sind die Kerle und manche Dame lattenstramm. Unterhaltung sinkt auf ein Niveau knapp über good taste. Sie, als Nüchterne, langweilt dich elendig und ist entsetzt über die fortlaufende Mutation der anderen. Es bleiben ihr zwei Wege. Entweder sie verzichtet ganz auf derartige Veranstaltungen oder sie verlässt die Party früh und die Verbleibenden bestellen einen Fahrdienst.

Die Menschenkennerin

Wenn die Chemie nicht stimmt, spürt man das meist instinktiv. Von Beginn fiel mir im Damenkreis eine Frau auf. Sie beobachtet andere, irgendwie liegt etwas Lauerndes in ihrem Blick. Aber sie tut äußerst freundlich in alle Richtungen. Neulich ging es um Fahrgemeinschaften zu einem Ausflug. Ich hörte, wie eine ihr empfahl „Fahr doch auch mit Willa, die hat bestimmt noch Platz." Die Antwort kam wie aus der Pistole „Im Leben nicht!"– Tja, dann. Nun weiß ich, dass ihr Lächeln eine Maske ist und ich bin fast ein wenig beruhigt, dass mich mein Gefühl nicht getäuscht hat. Also halte ich Abstand, grüße freundlich und denke mir mein Teil.
Zum Glück sind genügend Alternativen vorhanden. Auf Frauengezicke kann ich nämlich gar nicht. Ich will hier Spaß haben und sonst nichts.

Skills

Äußerlichkeiten sind das Eine, Können ist das Andere.

Fast jede Frau hat ja irgendwelche Fähigkeiten, die sie von anderen unterscheidet. Manche kann schneidern, eine andere malt schöne Bilder oder kocht wunderbare Marmelade. Manche hat einen grünen Daumen und wieder andere können traumhaft schön singen. Begnadetet Physiotherapeutinnen sind genauso vertreten wie Gartenbauarchitektinnen. Beim Golf allerdings zählt nicht die berufliche Qualifikation. Hier scheiden sich die Geister, denn es kommt einzig auf die körperliche Koordinationsfähigkeit an.

Manche Frauen in der Ladies' Gruppe spielen ein tolles Golf. Ich kann stundenlang zusehen, wenn diese Spielerinnen den kleinen Ball schlagen. So elegant, so stimmig in der Bewegung! Meine Bewunderung ist völlig neidfrei.

Da ich im hohen Alter erst angefangen habe, dieses besondere Spiel zu erlernen, kann ich mir abschminken, dass ich je so richtig gut werde.

Nun habe ich ein abgeschlossenes Sportstudium hinter mir, nicht nur jahrelang Tennis gespielt, sondern auch zahlreiche andere Sportarten betrieben. Aber noch nie habe ich etwas für derart schwer befunden wie Golf.

Wir spielen mehrfach die Woche. Der Meine schießt den kleinen weißen Ball inzwischen über 200m weit. Er ist trainingsfleißig und ehrgeizig. Bei Männern hat die Länge der Schläge auch nicht wenig mit dem Ego zu tun. >Wer hat den Längsten?< Ich brauche es nicht so lang – und freue mich, wenn ich über 100 m komme. Ich bin mit mir zufrieden, ganz ohne Ehrgeiz.

Aber, der lustigste Spruch, den ein Golfer sagen kann, ist „Ich kann es." Garantiert brechen alle, die das hören, vor lachen zusammen.

Die Zeit, in der ich glaubte, Golf sei für Senioren, so was wie Spazierengehen auf Rasen, ist vorüber. Wer sich an das Golfen verliert – und das Suchtpotenzial ist nicht zu unterschätzen! – versteht schnell das Zusammenspiel von angewandter Technik und mentaler Stärke. Du musst ja jeden deiner Schläge berechnen, bewerten, den richtigen Schläger wählen. Und wenn du nur 100 davon brauchst, weißt du, was du geleistet hast, denn 18 Loch dauern so um vier Stunden. Du bückst dich auf der Runde auch mindestens 36 Mal, eher aber doppelt so oft.

Beim Golf komme ich an Grenzen, die ich so nie erwartet hatte. Dieses Spiel macht bescheiden, denn immer wieder gibt es Einbrüche, immer wieder hat man Tage, an denen man keinen Ball richtig trifft. Und dann steht man am Abschlag mit dem „P" im Gesicht. „Hast du meinen Ball gesehen?" Sie hält sich den Bauch vor Lachen. „Der liegt hinter dir!" – Echt komisch! – Aber so ist das mit Golf. Ich nehme es ihr nicht übel. Wir frozzeln gern. Als sie mich mitten auf dem Fairway fragt, ob ich ihren Ball gesehen hätte, sage ich schlicht „ja". „Und wo ist er?" hakt sie nach. Ich grinse „habe ich vergessen."

Für den einen wunderbaren Schlag, für das leise >Ping!<, das den Flug des Balles begleitet, der sich in hohem Bogen in die Luft schraubt, gibt die Golferin ihre Seele.

Schön ist, wenn du einen festen Club hast. Wenn man sich kennt und jederzeit mit jemandem abschlagen kann.

Wir sind angekommen. Man duzt sich, man mag sich. Wir fühlen uns ausgesprochen wohl in dieser Umgebung.

Unsere Golfcourses sind ein Traum. Wie hier Landschaft gestaltet wurde! – Fabelhaft! Die Anlage mutet an wie ein Naturschutzgebiet. Teiche, Seen, Feuchtgebiete wechseln mit Wäldern und Blumenwiesen. Überall Wasservögel. Milane kreisen über dem letzten Grün und verständigen sich durch ihre typischen Pfiffe. Ab und an stakst ein Reh über das Fairway.

Ich kann sagen, dass Golf inzwischen aus unserem Leben nicht mehr wegzudenken ist.

Es fühlt sich an wie Dauerurlaub.

Der Aufenthalt im Freien bewegt mich immer wieder sehr.

Wenn ich die Schäferin mit ihrer Herde über das Rough ziehen sehe, wenn ich die Collies beobachte, wie sie ohne müde zu werden die wolligen Rasenmäher zusammenhalten, bin ich oft so bewegt, dass ein Gedicht entsteht.

Wald ist Geschichte

Der Boden weich,
schwingt bei jedem Tritt.
Fühlst dich wohl und reich,
wie auf dickem Teppich, jeder Schritt,

Hunderte von Schichten
altes Laub
Jahr um Jahr verdichten,
die untersten schon Staub.

Du darfst heute drüber gehen,
darfst auf der Geschichte stehen.
Was Generationen angestrebt,
hat dieser Wald erlebt.

Wenn doch jegliche Erfahrung
endete so leicht,
so angenehm und weich
von zartem Duft nach Moder.

Frauenthemen

Üblicher Weise sitzt man nach dem Sport noch zusammen. So auch nach einer Golfrunde. Es wird diskutiert und debattiert. „Wenn ich den Put an der 17 reingekriegt hätte,.." – „Mein erster Birdy auf der Bahn!"... „Das Grün war heute wieder soo schnell!" ..."Ich glaub ich brauch ein UW. Für die Annäherung ist das W oft zu lang und das S zu kurz.".. „Was darf ich hier bringen?" – „4 mal Weinschorle bitte." Es kann dauern, bis das Spiel analysiert und aufgearbeitet ist. Aber dann, dann folgen die wirklich interessanten Gespräche. – Frauengespräche – Spätestens nach einer weiteren Runde.

Unter dem Tisch jault Corinnas Westi. Ohne ihren Hund kommt sie nicht. Das stört hier niemanden, auch wenn nicht alle Hundemenschen sind. Gibt es so was überhaupt? Corinna hat dazu eine ganz eigene Meinung, die nicht jede teilt.

Hunde–Mann oder Katzen–Frau?

Der Herr, der dir im Park entgegenkommt, grüßt
höflich. Sein Riesenschnauzer zappelt freundlich
mit dem Schwänzschen. „Der ist bestimmt ein
typischer Hunde–Mensch!" raunt sie der Freundin
zu. „Wie – Hunde–Mensch?", will die andere
wissen. „Ein Hund muss gehorchen. Sonst könnte
das gefährlich werden. Bestimmt gibt so einer
auch sonst gern den Ton an.." „Hurra! Es lebe
das Vorurteil! Du kennst dich ja aus!" wundert
sich die Freundin. „Ja, Katzen–Menschen sind da
eben anders! Die sind Freigeister, intuitiv und
kapriziös." „Ach, dann versteh ich," lacht die
Freundin, „du hast drei davon!" – Gibt es so was?
Hunde- oder Katzen–Menschen? Wie sind Leute,
die mit Hund und Katze leben? Gibt es auch
Schildkröten– oder Wellensittich–Menschen? Und
wie sind die? Fest steht, dass besonders Kindern
und älteren Menschen das Zusammenleben mit
Haustieren gut tut, egal mit welchem. Ein
Haustier vertreibt die Einsamkeit und schafft
Hautkontakt, der denen, die allein sind, häufig

fehlt. Kinder lernen, Verantwortung zu übernehmen und das Tier als Lebewesen zu achten. Lässt die Vorliebe für bestimmte Tiere aber tatsächlich auf den Charakter eines Menschen schließen? Bekommt dein Hund sein Leckerli nur, wenn er Männchen macht? Oder musst du grinsen, wenn dein Kater statt auf Ruf zu kommen, demonstrativ die Vorderpfoten kreuzt und das Köpfchen darauf ablegt, „ach nö, mir ist grad nicht danach". Nimmst du es mit Humor, wenn die Hackbällchen vom Tisch verschwunden sind, die Katze aber völlig unschuldig in ihrem Körbchen liegt und schnurrt – „ ich war's nicht, ehrlich – schnurr!"? Eine kapriziöse Katzen-Dame wird sich niemals unterordnen. Immer wird ihr eigenes Wohlbefinden an erster Stelle stehen. Sollte sie Vorteile darin erkennen, ist sie jedoch gern bereit, so zu tun, als folge sie ihrem „Herrchen" bedingungslos. Die Hundefrau dagegen hechelt und schaut bewundernd zu ihm auf. Niemand ist loyaler, als sie. – Findest du auch, dass sich das hier jemand zu einfach macht? Darf man denn so naiv sein? – Oder ist da was dran? Bei nächster Gelegenheit schau ich mal ganz genau hin. ...aber ich versichere, dass ich keine Hackbällchen stehle!

Und dann geht es wieder einmal um die Männer.

Bea beklagt sich über ihren Gatten, den sie einen Piefer nennt. „Komm, Bea, das ist nicht fair! Dein Mann ist echt süß!" „Klar ist er das. Trotzdem nervt er manchmal. Ich denke da grad an letzte Woche. Wir erwarteten Gäste.
Da ruft er aus der Küche: Du, Schatz, ich kaufe noch schnell eine Flasche Wein. Magst du inzwischen ein wenig Klar-schiff machen? Die Gäste kommen in einer Stunde. – Mach' ich! rufe ich zurück und wühle weiter im Kleiderschrank. Was sollte ich bloß anziehen? Ich dachte an Sybille, die bestimmt wieder was Neues anhaben würde. Ich schaute auf die Uhr. Jetzt wurde es Zeit! Ich schnappte mir den Staubsauger und schob mit 10 km/h durch das Erdgeschoss. Auf den Wischeimer verzichtete ich und nahm

stattdessen eine Flasche Glasrein zur Hand. Großzügig versprühte ich das Zeug auf den Fliesen und wischte dann mit dem Micro-fleece-Schrubber darüber. So, das musste reichen. Schon drehte sich der Schlüssel im Schloss. Er war vom Einkaufen zurück. Wortlos schaute er sich um. Und dann ging es los. – Du wolltest doch putzen, ärgerte er sich und griff nach dem Schrubber. Sein einziger Kommentar >dann wische ich mal eben<. Ich teilte hm mit, dass ich schon gewischt hätte und dass er sich umziehen könne. Das hättet ihr hören sollen! – Was hast du? fragte er –. Ich wiederholte, dass ich gesaugt und gewischt hatte. – Das ist nicht dein Ernst! rief er empört. Schau, hier und da und da hinten, überall Dreck! Da war ich sauer. Ich hab ihm gesagt, dass er ein Piefer ist und schlimmer als seine Mutter. Wortlos füllte er den Wischeimer und feudelte das gesamte Untergeschoss noch einmal. – Das fand ich echt total lächerlich, kurz mal drüber gewischt hätte es auch getan. Ich hab ihm zugeflüstert, von nun an könne er immer wischen. Ich würde es nicht mehr machen.. –

„Und was hat er gesagt?" Der beste Mann der Welt hat gelächelt! Er hat es eben gern ordentlich. Ich ja eigentlich auch. Nur ist Ordnung keine feste Größe, sondern wird subjektiv und individuell äußerst verschieden empfunden. Ich kann es nicht leiden, wenn er alles Mögliche auf meinem Schreibtisch ablegt. Seine schwarzen Pantoffeln mitten auf dem cremefarbenen Wohnzimmerteppich beleidigen mein Gefühl für Ästhetik. Wenn ich morgens noch benutzte Gläser vom Vorabend einsammeln muss, bebt meine Laune schon vor dem Frühstück. Er ordnet Messer und Gabeln in der Besteckschublade nach der Größe. Groß, mittel, klein liegen sie in Löffelchen-Stellung nebeneinander gekuschelt. Mir reicht es, wenn die T-Shirts von vorne glatt sind, er bügelt in Perfektion. Ihr wisst ja, auch das Bügeln ist seins. So langsam verteilen sich die Aufgaben bei uns mit einem leichten Übergewicht zu einer Seite. – „Toll, was dein Mann alles macht! staunt Sybille. Meiner dagegen..". – Er hat es so gewollt, und er kann Haushalt auch einfach besser. Wisst ihr, das ist definitiv nicht meins. In der Zeit wo er bügelt, kocht und abwäscht kann ich zwei Kolumnen schreiben...

Du hast es so gut und bist dir dessen gar nicht bewusst. – Prost. Noch ne Weinschorle?

Meiner wird auch immer spießiger, erzählt Cora. Jetzt regt er sich neuerdings darüber auf, wenn ich online einkaufe. Er nennt mich

Online-Queen

Wenn es läutet ruft er von da, wo er gerade ist
„Schatz! Es hat geklingelt! Dein privater DHL-
Bote ist wieder da!" – Er meint das nicht wirklich
lustig. Meine Einkäufe irritieren ihn. Seiner
Ansicht nach brauche ich eigentlich nichts. Er
unterstellt mir doch tatsächlich ein gewisses Maß
an Kaufsucht. Jedes Mal, wenn wieder ein Paket
von irgendeinem Online-Handel eintrifft, fragt er
sich, ob das alles so in Ordnung ist. – Ich bin
inzwischen froh, wenn der Bote zu Zeiten liefert,
in denen mein Angetrauter nicht im Haus ist. Die
entleerten Pappschachteln entsorge ich jedes Mal
umgehend, so dass sie praktisch nicht in
Erscheinung treten. – Früher fuhr ich regelmäßig
„in die Stadt", wie man das hier im Vorort nennt.
Gemeint ist die Hamburger Innenstadt, rund um
die Alster. Dann bummelte ich stundenlang durch
Geschäfte, schaute hier, probierte dort.
Anschließend ging es mit den Tüten in ein Café
oder Restaurant. Wieder zu Hause wurde alles
sofort noch einmal anprobiert und ausprobiert.

Wenn sich dann herausstellte, dass die Hose doch in der Farbe nicht ganz passte, der Kerzenleuchter sich in gleicher Form schon im Schrank befand, suchte ich nach dem nächsten Termin, um alles umzutauschen. So wurde der Einkauf häufig recht teuer, zumal die Parkgebühren in der Innenstadt inzwischen an Raub grenzen. Seit ich nun den Interneteinkauf entdeckt habe, spare ich Parkmillionen und Benzinkosten. Ich liebe das riesige Angebot und finde den Gang in die City nicht mehr spannend. Das ist doch „Mainstream". Mir ist schon klar, dass das auf Dauer für die kleinen Geschäfte das Ende bedeutet. Aber im Netz bekomme ich ganz andere Sachen für weniger Geld. Und wenn das mal nicht passt, geht's halt zurück. Anderes verkaufe ich über ebay. Ist das nicht umweltfreundliche Nachhaltigkeit? Inzwischen hebe ich bundesweit Bekanntschaften geschlossen, mit Frauen, die kaufen und verkaufen. Die Pakete kommen teilweise sehr schön verpackt. – Ich hab keinen Nerv auf Lügen. Das ist mir zu anstrengend und genauso nervig wie diese ständigen Diskussionen. – Er ist ja nur ein Mann und – es gibt eben Dinge, die können Männer nicht verstehen.

Da hast du Recht. Die können so einiges nicht verstehen.

Ganz anderes Thema, aber meiner zum Beispiel begreift nicht, dass es mich nervt, wenn er mit anderen Frauen schäkert. – Aber er ist doch nur charmant! Du glaubst doch nicht, dass er irgendwas tun würde? – Ne, das nicht! – Und doch nervt es mich.

Wer mit Eifer sucht ...

Meine Oma zitierte immer Grillparzer, der wohl gesagt hat

<Die Eifersucht ist eine Leidenschaft, die mit Eifer sucht, was Leiden schafft.> Er wusste offenbar um dieses besondere Leid. Das Teuflische daran ist, dass ich dagegen wehrlos bin.

Wenn mein Mann sich um andere Frauen kümmert, schaue ich immer ganz genau hin. Er ist einfach ein Charmeur und den Weibern gefällt das.

Er behauptet, er kenne dieses fiese Gefühl der Eifersucht nicht und macht sich darüber lustig. Neulich sagte er „Wenn ein Mann will, dass seine Frau ihm zuhört, braucht er nur mit einer anderen zu reden". Ich fand das überhaupt nicht lustig! Eigentlich vertraue ich ihm, aber da ist immer so ein ekliger kleiner Rest Misstrauen. Man kennt ja die Weiber! – Ein Beispiel: Wir waren eingeladen. Die Gastgeberin verhielt sich total distanzlos. Die turtelte und flüsterte meinem Mann irgendwas Anzügliches ins Ohr. Ich dachte

<Typisch, er merkt wieder nichts, ist charmant und locker wie es seine Art ist> Die andere interpretierte das aber als Entgegenkommen. Dann griff sie ihm verträumt in die Haare! – Was hast du gemacht? – Ich bin gegangen. – Und was hat er gesagt? – Er hat das erst gar nicht gemerkt. Und dann war er sauer, weil ich ihm nicht vertraue. – Kann ich verstehen, aber dem Weib hätte ich was anderes erzählt. Ich hab mal einer vor allen Leuten gesagt > würden Sie bitte ihre Finger von meinem Mann lassen!<. Der wäre vor lauter Peinlichkeit am liebsten im Boden versunken."– Also wenn mir die Zudringlichkeit der holden Weiblichkeit auf meinen Gatten zu nervend wird, mische ich mich lächelnd dazwischen. Ich flüstere ihm was ins Ohr wie >folge mir unauffällig, Schatz, ich rette dich< und dann küsse ich ihn zärtlich und führe ihn – Sie entschuldigen? – aus der Gefahrenzone. Meistens unternehme ich jedoch gar nichts. Ich weiß, dass er gut ankommt und ich gönnt ihm das Gefühl des Begehrtwerdens. Mir ist total klar, dass er im Leben nicht riskieren würde, mich zu

verlieren. Solange eine Beziehung in Ordnung ist, kann ein Flirt der Treue keinen Abbruch tun. Und Eifersucht ist nun echt kein schönes Gefühl.

Ne, da hast du Recht. Aber wenn erst mal der Wurm drin ist, dann geht das manchmal ganz schnell. Denk mal an Elisa und Karl. Karl hat's aber auch zu dreist getrieben! Mit der Schwester seiner Frau geht man nun wirklich nicht ins Bett! – Es gehören immer zwei dazu.. – Der Scheidungstermin war vor zwei Wochen. Elisa hat sich noch nicht davon erholt. Sie ist erst mal zur Kur gefahren. – Aber er muss doch sicher ganz schön zahlen? – Klar, bei dem Einkommen. Elisa hat ja fast nie gearbeitet. Sie war zu Hause bei den Kindern. Also ist sie auch angewiesen auf einen vernünftigen Unterhalt. Zum Glück hatte sie eine tolle Anwältin. Karl hat ihr sogar das Haus gelassen. – Wahrscheinlich plagt ihn sein Gewissen! Eigentlich liebt er Elisa, glaube ich, immer noch. Aber so was darf einfach nicht passieren. Das Vertrauen ist auf ewig hin.

Treue – wie uncool!

Kann sein, dass „Treue" ziemlich deutsch und uncool klingt Aber die Bedeutung bleibt, egal, wie das klingt. Treu sein oder eben nicht, heißt, einer Person, einer Sache oder einer Gesinnung gegenüber loyal zu bleiben, sich nicht aus welchen Gründen auch immer einer anderen zuzuwenden. Verlässlichkeit, Aufrichtigkeit und Ehrlichkeit. Sie ist ein sensibles Ding, die Treue, was sich in zahlreichen Lebenslagen zeigt. Wenn man mit ihm zufrieden ist, bleibt man seinem Friseur oder seinem Bäcker treu. Sitzen die Haare nicht oder sind die Brötchen alt, kann diese Treue schnell einbrechen. Welche Partei wählen Sie bei der nächsten Wahl? Bleiben Sie Ihrer Gesinnung treu oder ergeben sie sich dem populistischen Mainstream? Sie bleiben auch Ihrer Zigarettenmarke treu und ihrem Vorsatz, keinen Tag ohne Gymnastik aus dem Haus zu gehen? Alles schön. Schwieriger ist es, seinem Partner treu zu bleiben. Wenn die erste aufregende Phase vorbei ist, wenn der Alltag in eine Beziehung eingekehrt ist, steigt die Anfälligkeit. Wenn die Verliebtheit abgeflaut ist, wächst das Bedürfnis nach Bewunderung und Anerkennung, die Gefahr, ein Opfer seiner Bedürftigkeit zu werden. Sie kommt auf einer Party dem Nachbarn recht nahe. Er stellt sie zur Rede und sie gibt zu, dass es sich so ergeben hat, sie das gar nicht wollte. Sie strapaziert sein Vertrauen, wenn sie abstreitet oder dagegen redet „Du spinnst doch! Immer deine Eifersucht! Du misstraust mir, das ist ungeheuerlich. Da war gar nichts." Er bietet ihr an, sie diese Erfahrung selbst einmal machen zu lassen, wenn sie sich denn so schwer damit tut, seine Verletztheit zu verstehen. Davon hält sie wenig, denn Treue ist ihr genauso wichtig wie ihm. Andere versuchen eine sogenannte >Offene Beziehung< zu führen. Sie erzählen einander von ihren außerehelichen Betätigungen und glauben, dem eigenen Partner trotzdem treu zu sein. „Das ist ja nur Sex." Es soll Menschen geben, die dieses Modell ohne Misstrauen leben können. – Treue – also doch hochaktuell? Viele glauben, Treue verträgt keine Unsicherheit, keine

Grauzone. Wie schon gesagt, sie ist ein sensibles Ding. Den Bäcker kann man schon mal wechseln, den Friseur auch. .... aber Untreue in der Beziehung passiert nicht einfach so...

Abgetraute & Co

Manch eine lebt und bleibt in einem goldenen Käfig. Sie verfügt über ausreichende finanzielle Mittel, wenn der Gatte großzügig ist. Das ist aber dann auch schon alles, was sie aus dieser Ehe ziehen kann, denn Gemeinsamkeiten haben die beiden keine. Er schmückt sich gern mit seiner attraktiven Frau. Er steht im Öffentlichen Leben. Da ist die Frau an seiner Seite nicht ganz unwichtig. Sie versucht möglichst viel zu erleben. Wenn sie etwas unternehmen möchte, tut sie das gern mit Freundinnen. So lädt sie des Öfteren andere zu Reisen ein oder verschenkt Konzertkarten, damit sie nicht allein gehen muss. Diesen goldenen Käfig gibt sie nicht auf, denn er ist bequem. Nur der Blick auf andere intakte Beziehungen, in denen weniger Geld, dafür aber Gemeinsamkeiten die Basis bilden, schmerzt.

Zahlreiche Damen sind alleinstehend oder wieder in diesem Status. Meist ist der Unterhalt, den die Abgetrauten zu entrichten haben, so hoch, dass sie sorgenfrei leben können. Ist ja auch angemessen in dem Alter. Wenigstens das, wenn man schon den Traum von gemeinsam Altwerden aufgeben muss. Mancher ist der geliebte Ehemann weggestorben. Da löst eine finanzielle Absicherung weniger Probleme, als dass sie beruhig.

Manch eine Frau beginnt schon vormittags mit der ersten Weinschorle. Die macht Langeweile erträglich und tut gut gegen Einsamkeit. Alkohol ist im Napf so manchen Vögelchens. Da kann die Tür der goldenen Voliere gern offen stehen, das Vögelchen bleibt.

Und ich denke, was für ein Glück ich habe und wie gut es mir geht.

Das Bild des rosa Kängurus ist vielleicht doch nicht ganz passend gewählt. Ich denke, ich bin doch eher eine Räbin unter Tauben.

Soll man was machen lassen?

Wollen wir noch eine Weinschorle? – Eine geht noch, glaube ich. Mal was anderes: Habt ihr Ina schon gesehen? – Die war doch im Urlaub.– Urlaub?
Ich hab sie gestern beim Bäcker getroffen. Sie sah total erholt aus. Wo war sie denn?
Das habt ihr nicht von mir! Sie hat was machen lassen. – Wie? Was machen lassen? –
Na, sie hat sich unters Messer gelegt. Facelifting. –
Ach! – Und was hat sie zahlen müssen? – Zehn. – Ups. Da hoffen wir mal, dass es lange hält.

Astrid hat ja auch ihre Titten machen lassen und gleich die Oberschenkel in einem Aufwasch. – Näh! – Ja! Vier Stunden OP. – Wers braucht! –

Da ist übrigens nächste Woche wieder so eine Botox Party. Wollen wir? – Ne danke! Meine Falten hab ich mir über die Jahre ehrlich verdient, die sind ich. Basta. Wem sie nicht gefallen, der kann ja weggucken.

Aber mal was anderes. Du trägst du noch immer diese Faux Cils. Das sieht total klasse aus. – Die hab ich seit ich 18 war. Mit denen geh ich irgendwann auch in die Kiste. Die gehören zu mir. Ohne die erkenne ich mich selbst nicht mehr.

Mädels, Prost! – Ich geh morgen zum Friseur. Lass mir das Haar färben. Das ist wieder bitter nötig. Die Autobahn am Scheitel scheint total dunkel.

Wisst ihr was? Ich hab die Nase so voll von Färben und Blondieren. Ich glaub, ich lass mein Haar von nun an Natur. – Natur Ascheimer? – Ha, Ha! – Ja, Naturgrau. – Oh Näh! – Ich könnte auf Friseurbesuche überhaupt verzichten

Wenn ich es mir recht überlege, ist es durchaus bedenkenswert, um die tausend Euro im Jahr zu sparen, die man sonst in Haarefärben angelegt hatte.

Fön – Geschnatter, ...

Schon im Eingang quillt einem ein unerhörtes Duftgemisch entgegen. Die Düfte vermengen sich mit Schallwellen. Zwischen Fön-Gebrause drängt sich Geschnatter, wie jenes, das ich von Tante Theas Bauernhof kenne. Friseurbesuche rangieren in ihrer Beliebtheit für mich gleich hinter Zahnarzt und Gynäkologe und vor Besuch bei Tante Thea. Es beginnt damit, dass ein ungeschicktes Lehrmädel mich in einen schwarzen Umhang verpackt. Dazu stopft sie mir ein Handtuch in den Kragen, so dass ich jetzt schon weiß, dass meine Bluse später aussieht, wie ..na ja. Damit sich keine Haare irgendwo hinein verflüchtigen können, wickelt sie noch eine Art Clowns-Krause aus Krepppapier um meinen Hals, die ist so eng, dass mir die Luft knapp wird. Dazu noch die Schutzmaske! Der Chef, Jean-Claude selbst, rührt meine Farbe an. Wenn das Mädel sie weiter in dem Tempo aufträgt, ist das Haar vorn schon wieder nachgewachsen, bevor sie hinten fertig ist. Nach 45 Minuten schiebe ich wie ein Baby die Ärmchen durch zwei Schlitze im Umhang und stapfe tapfer zum Waschbecken. Dank der Maske verstehe ich sie nicht und rätsle, was sie wohl gesagt haben mag. Sie hält das Ding ein wenig hoch: „Darf es eine Rückenmassage sein?" „Nein danke." Ich erspare mir weitere Lautschrift. „Wollen Sie die Füße hochlegen?" „Nein, danke." Und dann fängt sie an zu spülen und zu waschen und zu spülen und zu waschen. Ich habe den Eindruck, sie versucht, die Farbe rückgängig zu machen. Mit ihren Gummihandschuhen schrappt sie dabei wie mit einem Radiergummi kräftig durch mein Gesicht. Meine Augenbrauen sind bestimmt schon ausradiert. Plötzlich wird mir auf dem Rücken ganz warm. „Ach, tut mir Leid! – Ist die Temperatur recht so?" „Auf dem Kopf, ja." Sie führt mich zurück zu meinem Platz. „Darf es eine Kopfmassage sein?" „Nein, danke!" – Nun naht Jean-Claude. „Danke, Schätzchen! Nun lass mich mal." Er macht sich daran, meine Frisur auf Länge zu bringen. Rechts und links von mir schnattert es ungebremst. Ich erfahre ungewollt

Details über Leute, die ich kenne. Hin und wieder braust irgendwo ein neuer Fön auf. Jetzt auch bei mir. Ich hoffe, dass es schnell vorbei geht. Aber J.-C. nimmt seine Arbeit sehr ernst. „Tolle Farbe! Die ist mega!" Er packt mich aus dem Kittel aus. Mein Blusenkragen ist, wie erwartet, total zerdrückt, der Rücken ist klatschnass. Aus Erfahrung habe ich ein wenig Make-up dabei, so dass ich meine ramponierte Fassade notdürftig restaurieren kann. „Entzückend!" „Mmm." An der Kasse schaue ich bewusst cool. Ich weiß, dass gute Arbeit kein Schnäppchen ist. Tip für den Lehrling stecke ich in das Töpfchen. Sie kann ja nicht dafür, dass ich mich nicht gerne ausliefere und ihre Angebote so gar nicht zu schätzen weiß. Mit einem neuen Termin versorgt schließe ich die Tür hinter mir. – Geschafft! Wie still es hier draußen ist, auf der Straße!" – Nächste Woche muss ich zum Zahnarzt und am Wochenende besuchen wir Tanta Thea.

Kennt eine ein gutes Fitnessstudio? Ich muss mehr tun. Mein Körper kann sich grad nicht entscheiden, ob er Kuh oder Ziege werden möchte. Er braucht Entscheidungshilfe. Wie meinst du? Na ja, im Alter nehmen manche drastisch zu, das sind die Kühe. Andere magern ab, das sind die Ziegen. So ist das.

Ich muss euch dringend von einem Typen erzählen. Er ist Gyn, 75 und total von sich eingenommen. Aber gestern hat er den Vogel abgeschossen. >Dir muss doch klar sein<, sagte er, >dass du in deinem Alter für Männer unsichtbar bist. Die sehen dich gar nicht.< Stellt euch das mal vor! So ein Arsch!

Wahrscheinlich zieht er mit einer 25jährigen rum und hält sich für nen tollen Hecht. Der sollte uns nur Leid tun.

Frau über 50

Kennst du das?
Du bist unsichtbar?
Durchsichtig wie Glas.
Ist das nicht sonderbar?
Hast drei Kilo mehr Gewicht
Trotzdem sieht der Mann dich nicht.
Vorbei deine Rolle als Beute
bist Neutrum, mehr Kumpel heute.
Wenn in den Spiegel du schaust,
fängt sich das Licht in deinen Falten,
wirft Schatten, dass es dich graust,
hättest gern deine Schönheit behalten.
Weißt jetzt bestimmt
nichts ist von Dauer
Wie man es nimmt,
kein Grund zur Trauer.
Das Leben hat mehr zu bieten,
als Jäger und Beute,
zu viele Nieten,
die man manchmal bereute.
Du hast nun Zeit

genau hinzusehen,

bist bereit,

an deine Grenzen zu gehen.

Willst hinspüren,

Neues erfahren,

es öffnen sich andere Türen

in den kommenden Jahren.

Erfinde dich neu!

Denk dir dabei,

Männern geht's ähnlich,

viele zu dämlich,

das zu benennen,

selbst wenn sie's erkennen.

Jagen weiter die Beute,

als wär alles wie immer,

25Jährige heute,

manche noch schlimmer.

Haben sie Geld,

findet Sachaustausch statt,

das weiß alle Welt

glänzend oder matt.

Armut ist schlimmer als Falten,

soll seine Liebe behalten

Falten machen unsichtbar
Armut auch, wie wahr.

Apropos >Leid tun<. Was ist eigentlich mit Else?
Sie zieht sich in letzter Zeit immer mehr zurück.
Oft hat sie keine Zeit. Wenn man bei ihr
anklingelt, hat sie es eilig, weil sie gleich einen
Anruf erwartet. Kommt euch das nicht auch
komisch vor? – Ich hab neulich zufällig ihre
Tochter getroffen. Die ist total fertig. Weil Else in
geschäftlichen Dingen manchmal ein wenig
tüdelig ist, hat sie Zugang zu ihrem Bankkonto.
Bei einem Kontrollcheck hat sie festgestellt, dass
Else in letzter Zeit mehrfach hohe Bargeldbeträge
abgehoben hat, die sie nicht zuordnen kann. –
Sie hängt außerdem nur noch am PC oder am
Handy. Offenbar hat sie Kontakt zu einem Mann
in Übersee. Die Tochter ist dem auf den Grund
gegangen. Sie hat herausgefunden, dass der
Mann auf Englisch schreibt und angeblich Arzt
beim Militär ist. Das Foto, das er Else geschickt
hat, zeigt einen gut aussehenden Typen. Echt

lecker, sagt die Tochter. Sie fragt sich natürlich, was so ein Vierzigjähriger mit ihrer alten Mutter will. Er mailt fast täglich. In der letzten Mail schriebt er, dass er ausgeraubt wurde und nun die Arztrechnung für seine kranke Tochter nicht bezahlen kann. – Das stinkt doch gewaltig, oder?

Das kommt mir vor, wie das, was ich gerade gelesen habe. Typen der so genannten Nigeria Connection treten über Online Börsen, Soziale Netzwerke oder direkt über E-Mail an ihre Opfer heran. Durch geschickte Manipulation bringen sie ihre Zielperson in emotionale Abhängigkeit. Sie senden attraktive (gestohlene) Fotos weißer, erfolgreicher Männer, häufig in Uniform, Frauen zeigen Bilder von attraktiven Ärztinnen oder Krankenschwestern. Den Kontakt starten sie häufig auf Englisch, manche sprechen sogar deutsch. Durch tägliche, besonders emotional ausgerichtete Ansprache bedienen sie die Bedürftigkeit ihrer Opfer und bekommen sie so in den Griff. Von einem bestimmten Punkt an, geht es dann immer um Geld. Die Gründe für die dringend benötigten Summen sind vielfältig. Die Betrüger appellieren an das Mitleid ihrer Opfer oder machen ihnen ein schlechtes Gewissen, sollten sie zögern, das gewünschte Geld – immer in bar! –zu schicken.

Elses Tochter hatte auch gleich so einen Verdacht, aber Else will ihr nicht glauben, dass der schöne Captain, der sie so intensiv umwirbt, es lediglich auf ihr Vermögen abgesehen hat.

Können wir was tun?

Ich fürchte, uns sind da die Hände gebunden. Aber wir können ihrer Tochter raten, den Club der Teufelinnen um Hilfe zu bitten. Was soll das sein? Da kenne ich einen Film.. Ja, genau. Und in einigen Städten haben sich Frauen zusammengeschlossen und verfolgen sogenannte Lovescammers. Sehr erfolgreich, übrigens.

Zum Glück gibt es auch noch die löblichen Ausnahmen. Ich habe so einen Mann erwischt.

Ein Traummann! Immer gut gelaunt, dabei noch gutaussehend und humorvoll.

Nur manchmal wird mir das echt zu viel. Er kümmert sich um alles.

Tassen gehören flach-gelegt

„Du, Schatz, ich habe noch zu tun. Könntest du ausnahmsweise heute kochen?" Ich: „Klar." Ich steht am Wok und wende das Gemüse, das ich zuvor in kleine Stifte geschnitten habe, als er plötzlich neben mir steht. „Ach, das hast du viel zu klein gemacht!" Dann greift er mir dazwischen und will ihr zeigen, wie man das Gemüse richtig wendet. „Schau, Schatz, mit zwei Holzlöffeln geht das besser." Er wendet und wendet, das Gemüse fliegt im Bogen über den Rand. Als er wieder geht, ist der gesamte Herd voll damit und alles klebt. Knappe fünf Minuten später ist er schon wieder da. „Ach Schatz, an die Soße kommt bitte kein Zucker!" Ich lasse mich nicht beirren und lächle. Ich kenne ihn ja. Nach dem Essen, das wider Erwarten gut geschmeckt hat, entschwindet er zu seinem Schreibkram. Ich räume das Geschirr in die Maschine. Zehn Minuten später höre ich es in der Küche klappern und reden. In der Annahme, der Nachbar sei gekommen, schaue ich nach. Mein Liebster ist ganz allein in der Küche. Er spricht laut mit sich selbst. „Wie kann das angehen! Sie lernt es nie. So gehört das doch nicht!" – „Schatz, ist was nicht in Ordnung?" „Ach, du hast die Spülmaschine wieder völlig falsch eingeräumt! Schau, die kleinen Teller gehören nach hinten, die großen hier links und die Tassen werden nicht gekippt, sondern flach gelegt. Du solltest das inzwischen wissen." – Jetzt lächle ich nicht mehr. Und das muss ich jetzt haben: „Brauchst du das angeschnupfte Papiertaschentuch noch, das hier auf dem Sessel liegt, Liebster?" Ob er die Zeitung schon gelesen hat, muss ich nicht fragen, denn die liegt über das gesamte Wohnzimmer verstreut. „Liebster, haben wir noch Verwendung für die vielen grauen Haare, die hier im Waschbecken liegen oder darf ich die wegwerfen?" „Du, Liebster, ziehst du die Socken, die hier auf meinem Schreibtisch liegen, noch wieder an oder soll ich sie in die Wäsche tun?"– Könnt ihr euch das vorstellen?

Zusammenleben ist nicht leicht. Es braucht eine gehörige Portion Toleranz und den starken Willen, dem Partner nachzusehen, was man selbst gern anders hätte. Natürlich gibt es kein Richtig und kein Falsch, wohl aber Unordnung, Übergriffigkeit und Bevormundung. Tödlich und der sichere Einstieg in einen Ehekrach sind DU-Bezichtigungen wie „Immer machst du das so.." oder „Nie räumst du..". – Sind wir ehrlich, es ist doch scheißegal, wie die Teller stehen. Wichtig ist doch nur, dass sie wieder sauber werden und keine grauen Haare darauf sind... und solange dein Liebster nur die Tassen flachlegt..

Und dann muss eine noch dringend etwas loswerden. Hab ich schon von meiner neuen Küche berichtet? – Ne, erzähl!

Neue Küche

Freunde hatten sich eine neue Küche angeschafft. Superding!. Dagegen kam mir meine Kochzelle zu Hause recht schäbig vor. Damals war sie teuer, heute wirkt der Raum retro, wenn ich gut gelaunt bin, sonst eher shabby. Mein Mann war einverstanden damit, dass wir auch eine neue Küche bauen. Wir planten also zusammen und rechneten das Projekt durch. Es war nicht billig, aber nun soll es ja auch fürs Leben sein – in unserem Alter. Ich wollte Hochglanz-Fronten ganz in grau. Die sind zeitlos und immer schön. Wir mussten uns gedulden, denn der Einbau konnte erst sechs Wochen später beginnen. Als der Termin ran war, vertröstete mich der Küchenmensch um weitere drei Wochen. „Lieferschwierigkeiten". Dann ging es aber endlich los. Die alten Schränke und Geräte wurden abgebaut. Oh, Mann, wie sah das schrecklich aus! Ich ließ die Handwerker machen und wendete mich anderen Dingen zu. – „So, das wärs eigentlich", verkündete der Mensch nach

zwei Tagen. Gespannt öffnete ich die Küchentür. Es strahlte mir eine wunderschöne graue Hochglanzküche entgegen. Nur war die rechte Seite am Kühlschrank matt statt Hochglanz. Die Front des Herdes war schief eingebaut und hing um mindestens zwei Zentimeter und die Arbeitsplatte fehlte noch ganz. Der Granit hatte Lieferschwierigkeiten, sollte aber die nächsten zwei Monate kommen, tröstete man mich. Wegen der Herdfront wollten sie noch mal wiederkommen. Dann wollten sie auch die matte Seite austauschen." Nach weiteren zwei Wochen tauschen Sie aus, leider war nun vorn am Herd ein Schrankgriff angeschraubt - ? Der musste weg! Auf die Granitplatte warten wir immer noch. Meine Freude über das neue Küchenparadies hält sich in Grenzen, zumal der Preis nun das Abgemachte doch noch übersteigt. Meinem Liebsten bin ich fast ins Gesicht gesprungen, als er das gute Stück betrachtete. Sagt der doch völlig versonnen „eigentlich war unsere alte Küche doch gar nicht so schlecht..."
Männer!

Ich dreh bald durch! In letzter Zeit schlafe ich total schlecht. Morgens bin ich wie gerädert.

Das kenne ich! Fast jede Nacht läuft bei mir so ab wie gestern:

Nachdem ich aufs Klo musste, konnte ich nicht wieder einschlafen. Üble Gedanken machten sich selbstständig. – Ihr kennt das? – Sie schnattern wie Affen in deinem Kopf und lassen sich durch nichts vertreiben. Du stehst auf, trinkst ein Glas Wasser, legst dich wieder hin. Kaum schließt du die Augen, sind sie wieder da. Nahtlos geht der Terror weiter! Ja, wirklich, sie sind wie Terroristen. Schleichen sich unbemerkt heran und schlagen aus dem Hinterhalt zu. Sie bedienen sich deiner Ängste, wählen aus deinem Seelen-Katalog genau das Thema, das dich gerade am meisten beunruhigt. Klebrig wie Kaugummi hängen sie dir Sorgen an. Ein Gedanke zieht den nächsten nach sich. Es nützt auch wenig, wenn du dir dessen bewusst bist und denkst „ich hak es einfach ab!" Denn gerade das gelingt oft nicht. Die Terroristen weben ihre Ränke unheimlich geschickt. Und sie haben Erfolg. Schließlich schläfst du doch noch ein, aber mit dem Wecker erwachst du wie gerädert und kannst den Tag gleich vergessen. Der steht nämlich vom Aufstehen an unter dem Motto „etwas könnte passieren". Eigentlich bist du Realist und diese ungelegten Eier sind nicht deine. Jedoch – das Unterbewusstsein ist voller Überraschungen. Wäre es nicht schön, man könnte es steuern? Wäre es nicht prima, man hätte Einfluss auf den Verlauf der Ereignisse? – Hat man aber nicht. Also wartest du auf die nächste Nacht und hoffst, dass die Affen dieses Mal schlafen mögen. Zur Zeit brauchen manche nicht einmal die Augen zu schließen, um ihren Sorgen zu erliegen. Viele zweifeln an den Verschwörungstheorien, die in Internet und Presse herumgeistern, denn ihre Zahl nimmt erschreckend zu. Viele schlafen schlecht, denn niemand weiß, was die Zukunft bringen wird. Wir sollten uns ganz schnell auf Werte besinnen, die uns Halt geben und für alle gelten. Wenigstens darauf könnte man sich verlassen und den Terroristen der Nacht die Stirn bieten. Und wenn du die kommende Nacht aufstehst, weil deine Blase es so will, dann tust du so, als wäre das ganz ok und lässt die Gedankenaffen ins Leere laufen, nach dem Motto „Euch kenne ich, aber heute nicht mit mir!" – Denn alles kommt so, wie es kommen soll. Und du glaubst daran, dass es gut wird – ohne Affen.

Ich hab ja auch Probleme mit dem Schlafen. Allerdings sind die anderer Art und ich scheine damit nicht allein zu sein.

Boxspring – die Erlösung?

Mit dem Alter nehmen die Beschwerden zu. Nichts wird mehr besser, vieles nur noch anders. Rückenschmerzen sind ein bekanntes Phänomen. Wen sein Rücken schon mehr als 6 x 10 Jahre getragen hat, dem muss klar sein, dass der zwischendurch mal eine Auszeit nimmt. Besonders die Lendenwirbel schwächeln gern. Nach langem Sitzen kommst du kaum wieder hoch. Wenn du dann endlich stehst, wartest du, bis deine Wirbel sich berappelt haben, bevor du losmarschierst. Besonders schmerzhaft ist das morgens beim Aufstehen. Du turnst irgendwie an den Rand deines Bettes und bist froh, wenn die Beine endlich runterhängen und du zum Stehen kommst. Mancher, der in reiferen Jahren noch immer in dreißig Zentimeter Höhe nächtigt, womöglich mit schicker, breiter Ablage rund ums Bett, der hat jeden Morgen ein Problem. Es beginnt damit, dass du ins Sitzen kommen musst. Über eine Seite, den Unterarm als Hebel oder mit Schwung, die Hände unter den Oberschenkeln.

Beides keine leichten Übungen, da du dabei in die Matratze einsinkst und den Halt verlierst. Hast du es irgendwann geschafft, sitzt du mit ausgestreckten Beinen in der Mitte des Bettes, rechts einen halben Meter, links dasselbe bis zum Rand. Du hangelst dich also mühsam wie ein Fisch auf dem Trockenen an den Rand, um endlich ein Bein an die Erde zu kriegen. Dabei rammst du dir die Ablage voll in die Wade, denn das breite Ding stört noch zwischen dir und dem Boden. Nun hockst du da, beugst dich vornüber und versuchst aus dreißig Zentimeter Höhe über dreißig Zentimeter Ablage hinweg – du achtest nicht auf die Bücher, die dabei schneller am Boden sind, als du – in die Höhe zu gelangen. Zum Glück hast du soviel Vorlage, dass du dich an der gegenüberliegenden Kommode hochziehen kannst. Dann kommt der stechende Schmerz, wenn dein Rücken registriert, was du vorhast. Du wagst die ersten langsamen Schritte, taperst ins Bad und steigst in die Dusche. Das heiße Wasser hilft! Schon beim Abtrocknen spürst du Besserung. Dennoch, es wird Zeit für ein altersgemäßes Bett. Du gehst in verschiedene Fachgeschäfte, lässt dich beraten und liegst „Probe". Ein Box-Spring-Bett soll es sein. Du stellst fest, dass diese Dinger zu Preisen zu haben sind, die du dir nicht vorstellen konntest und dass der Name mit „in die Kiste springen" nichts zu tun hat. Es befinden sich lediglich eine gewisse Anzahl von Sprungfedern in Boxen. In Baukastenprinzip kannst du dir deine neue Schlafstatt zusammenstellen. Warum ein Bett in einem anderen Geschäft drei Mal so teuer ist, leuchtet dir nicht ein. Es gibt die Dinger für den Preis von Luxusautos.

– Aber im Auto zu schlafen ist in unserem Alter wohl keine Option mehr, oder?

Mein Mann ist jetzt im Ruhestand. Da sind schlaflose Nächte mein kleinstes Problem! Ehrlich!

Jedem Anfang wohnt ein Zauber inne...

Bevor es soweit war, freute er sich und fieberte darauf hin. Manche schneiden pro Tag einen Zentimeter von einem Maßband ab. Andere können ihn sich gar nicht vorstellen. Sie wollen ihn nicht, weil sie so zufrieden sind, wie es gerade ist. Worum es geht? Um den wohlverdienten Ruhestand. Ein Zustand, der entgegen seiner Bedeutung so manchen kräftig aus der Ruhe bringt. Schön, wenn Ruhestand bedeutet, dass du dich nun zurücklehnen darfst und das auch kannst. Schwieriger, wenn dich diese Möglichkeit nicht befriedigt, wenn du ungeduldig mit den Hufen scharrst, weil dir die Arbeit fehlt. Wenn du 41 Jahre lang um 5:45 aufgestanden bist und deine Arbeit dein Leben war, wenn du an beiden Enden gebrannt hast für die Belange deines Jobs, dann tut sich jetzt bei dir vielleicht ein Grand Canyon der Leere auf. Zu Beginn genießt du, dass du nun ausschlafen kannst. Komisch, dass es dir trotzdem nicht gelingt. Du freust dich, nichts mehr müssen zu müssen, aber vieles können zu können. Endlich hast du genug Zeit für Sport. Aber Sport hast du doch schon immer betrieben! Nun kannst du dir die Zeit für deine Hobbies frei einteilen. Nur - auch bisher bist du ihnen nachgegangen. – An Ideen, womit du dich nun beschäftigen kannst, mangelt es dir nicht. Du hast massenhaft Zeit. Und doch hat eine Unruhe eingesetzt. Du vermisst plötzlich das morgendliche Treffen der Kollegen, genauso wie das Klären von Problemen, die Lösung von Konflikten, die lustigen Momente, vor allem aber, dass du gebraucht und gefragt wirst. Du fühlst dich „halb". Deine Hälfte ist ja noch da, nur die andere eben nicht. Du verstehst, was ich meine? Alles, was du tun kannst, kommt dir vor, wie Ersatzbefriedigung. Bitte komme dir jetzt niemand mit Vorschlägen, wie Ehrenamt, sozialem Engagement, usw.. Auch das läuft bei dir vermutlich schon immer. Nur das regelmäßige, pünktliche Erscheinen, das man von dir dort erwartet, stört dich plötzlich. Du willst ja endlich mal faul sein und nichts müssen müssen. Und doch kannst du das nur schwer umsetzen.

Genau! Dein Problem ist das Loslassen. Du tust dich schwer damit, dich zu bescheiden mit der Situation, nicht mehr wichtig zu sein. Dabei hast du dir das Recht, in aller Ruhe zu vertrotteln ehrlich verdient. Der einzige, der dich noch daran hindert, bist du selbst. Es bleibt dir nur, zu akzeptieren und zu lernen, dass nun ein ganz neuer Lebensabschnitt für dich beginnt. „... jedem Anfang wohnt ein Zauber inne..“ schreibt Hesse. Lass dich darauf ein! Wenn du das geschafft hast, kehrt auch die Freude an der Ruhe ein. – Bei den meisten jedenfalls, sagt man...

Nun hoffe ich, dass mein Mann einer davon ist!

Mädels, Luigi hat wieder geöffnet. Wer kommt nachher noch mit?
Also, ich war gestern dort und das war das letzte Mal für lange Zeit. Wieso?

Juuhu! – Promis zuerst

„Warum hast du dich denn so aufgerüscht,“ fragte David, „wir gehen doch nur essen?“ „Du weißt ganz genau, dass dieser Italiener tierisch „in“ ist, Schatz. Da werde ich mir doch keine Blöße geben,“ sage ich ihm. Wortlos schleicht er zum Schrank und tauscht die Jeans gegen eine Stoffhose. Toll findet er das nicht. Der reservierte Tisch befindet sich im Garten. Ein Traum! Das Ambiente ist atemberaubend. Ich schaue mich verstohlen um. „Du, Schatz, da ist auch die A. und da drüben sitzen die B.“ „Na und? Die müssen doch auch essen, Liebling.“ Ihm sind die Leute egal. Er hat Hunger. Zum Schauen haben wir nun viel Zeit, denn die fünf Kellner huschen an uns vorbei, als wären wir Luft. Nach einer halben Stunde stellt einer im Vorbeifliegen Brot und Öl auf den Tisch und ein anderer reicht uns rasch zwei Menükarten. Die Speisenauswahl ist übersichtlich, die Preise nicht. „Ach Schatz, wie schön, dass das mit dem Tisch geklappt hat. Nur gut, dass ich schon vor drei Wochen reserviert habe." Er schaut leicht genervt, denn sein Magen fühlt sich auch an, wie drei Wochen nichts gegessen. Am Nebentisch wird dem Champagner zugesprochen. Vier Damen unterhalten zwei ältere Herren – das ist doch die C.? – Ab und an zuckt er zusammen, wenn hinter ihm wieder ein spitzer Schrei des Entzückens ertönt. Plötzlich kommt Bewegung in die Gruppe. Zwei der trinkfreudigen Mädels winken wie bekloppt einem ankommenden Kerl zu. – Juuhu, Karl! – Ich bin ganz aufgeregt „Guck mal, da kommt der D.!" David gereizt: „Siehst du, ob zufällig irgendwo auch ein Kellner kommt? Dann könntest du auch mal „Juuhuu rufen." Tatsächlich naht ein Mensch mit langer roter Schürze. „Signora, mi dica!" Wir bestellen und sind nun guter Hoffnung, dass es doch noch vor Mitternacht mit dem Essen klappt. Sehnsüchtig schauen wir jedem mit Tellern beladenen Kellner entgegen, aber immer wieder biegen die vorher ab und laden ihre Fracht an anderen Tischen ab. „Du, die B. sind viel später gekommen, als wir!" beschwere ich mich. „Ja, aber die sind eben die B, das musst du verstehen, Schatz", sagt er grinsend. Dann kommt endlich das ersehnte Mahl. Es ist köstlich! Wir genießen in vollen Zügen. Perfektes Menü, bis zum Dessert. – „Hallo, wir würden gern zahlen!" Wieder huschen die Langschürzen hin und her, nur zum Kassieren fühlt sich keiner berufen. Erneut warten wir eine halbe Stunde, bis wir endlich reichlich Geld loswerden. Vier Stunden Abendessen kosten natürlich und anstrengend ist so was auch. Aber dafür wurde ja auch was geboten. Man hat in illustrer Gesellschaft gespeist, die B. und den D. gesehen und dafür wartet man schon mal. – „Ob der C mein Kleid aufgefallen ist, Schatz?" – „?"

Wir haben vor einer Woche den Sommer-Ball besucht. Wie immer im besten Haus am Platz.

Fremddienstleister

Es ist schwer, Fachpersonal zu finden. Besonders im Dienstleistungsbereich. Das habe ich verstanden. Der Kellner bringt uns den bestellten Rotwein. Er reißt die Korken-Banderole der Weinflasche am unteren Rand auf und hat Mühe, den Korken freizulegen. Als die Banderole wie ein wirrer Strauß aus Alufetzen um den Flaschenhals steht, presst der junge Mann den Korkenzieher in den Korken. Es ist einer dieser praktischen Hebel-Öffner – ansetzen, Hebel runter, Korken raus – . Nur hat er das Prinzip nicht durchschaut. Er würgt den Korken, dreht den Öffner, dann die Flasche, hebelt, was das Zeug hält, wir hören den Korken kichern. Der fiese kleine Kerl spielt einfach nicht mit. Ich erkläre dem Kellner die Technik, er bedankt sich. An der Flasche läuft inzwischen der Wein durch den Alustrauß herunter auf die Tischdecke. Der Kellner ignoriert es. Er schnappt die Weinflasche und füllt unsere Gläser bis zum Rand. „Junger Mann, darf ich Ihnen etwas erklären?" fragt mein Liebster. „Hääh, was denn?" „Man gießt dem Gast zuerst eine kleine Menge ins Glas, damit er probieren kann, ob der Wein in Ordnung ist. Erst dann schenkt man ein." „Ich glaube, ein Gast muss fragen, ob er probieren darf; dann holt man ihm ein kleines Glas." „Nein, entschuldigen Sie, aber so ist das nicht. Der Gast probiert Wein aus der Flasche, die er bestellt hat." „Kenn ich nicht." Er schnappt sich die Flasche und will damit von dannen eilen. „Halt, wohin wollen Sie ?" bremst mein Mann. „Na, ich gehe probieren." „Nein, nicht Sie probieren, der Gast probiert." - „?." – Dann bringt er den Gästen gegenüber ihren Wein. Es folgt die Übung mit dem Öffner. Und dann schauen wir gespannt hinüber, was er tut. Richtig geraten! Er gießt beide Weingläser voll bis zum Rand! Aber wir waren einigermaßen froh, dass er nicht die Flasche angesetzt hat, um den Wein zu probieren. Man hat sich bei uns entschuldigt, es habe sich um Personal eines Fremddienstleisters gehandelt. Sollte ein solcher nicht Fachpersonal vermitteln?

„Personal" – das bringt mich auf unseren letzten Urlaub.

Wir hatten Karten für die Bregenzer Festspiele und passend dazu Hotelzimmer am Bodensee gebucht. Als die Festspiele wegen Corona abgesagt wurden, versuchten wir die Zimmer zu stornieren. Das war nicht möglich. Der Hotelier legte sich quer. So beschlossen wir, trotzdem einen Abstecher zum Bodensee zu machen, um die Zimmer nicht verfallen zu lassen. Am Tag vor unserer Abreise rief der Patron an und fragte, ob wir kämen. – „Natürlich!" – Nach elf Stunden Fahrt endlich am Ziel. „Wo bitte ist der kostenfreie Parkplatz?" Und dann geschah, was sich niemand vorstellen kann. Der italienische Hotelier rastetet komplett aus. „Hauen Sie ab!" schrie er, „solche Gäste brauche ich nicht. Verlassen Sie sofort mein Haus!" Konsterniert standen wir vier ratlos auf der Straße eines Ortes, an den wir nie wollten. Weder reden noch beschwichtigen half. Wir suchten uns eine andere Unterkunft, bevor wir den unleidlichen Ort Tags darauf wieder verließen. Von dem Vermittlungsportal erhielten wir die Nachricht, dass der Wirt mitgeteilt habe, wir hätten die Reise nicht angetreten. – ! – Vermutlich hatte er die Zimmer anderweitig vergeben und auf diese krasse Weise einen Ausweg gesucht.

Stellt euch das mal vor! – Das ist echt krass.

Ha, Ha!

In Damenrunden wird naturgemäß viel gelacht. Immer findet sich eine, die einen neuen Witz kennt. „Ich möchte auf dem Golfplatz begraben sein, Mädels", erklärt eine bierernst. „Warum das denn?" kommt die erwartete Nachfrage. „Na, im Leben hab ich meinen Mann ja nicht allzu oft gesehen. Wenn ich hier begraben bin, besucht er mich mindestens 5 mal die Woche." Das folgende Gebrüll ist bis an Loch 18 zu hören.

„Treffen sich drei Golfer und sprechen über ihr Sexleben. Sagt der erste: "Wenn ich meinem Sexleben ein Handicap geben müsste, würde ich mir Handicap 11 geben". Sagt der zweite :"Ich bin ja nun nicht mehr der Jüngste, ich gebe mir Handicap 23". Sagt der dritte : „Mich dürft ihr überhaupt nicht fragen, ich habe schon seit zwei Jahren keine Scorekarte mehr abgegeben !! "

„Warum wollen die Pros, dass wir den Kopf beim Schlagen unten lassen sollen?" „Das machen sie, damit wir nicht sehen, wie sie grinsen."

In der Tat sind auch Pros recht unterschiedlich begabt. Da sind die Lustigen, bei denen das Training richtig Spaß macht, weil man aus dem Lachen nicht heraus kommt. Allein der Trainingserfolg könnte ein wenig größer sein.

Die Charmanten schmeicheln besonders den Schülerinnen. Wer das braucht, geht zu ihnen.

Die Faulen stehen mit den Händen in den Hosentaschen da und geben Anweisungen wie „Du musst üben, üben, üben." Die gibt es bei uns zum Glück nicht.

Die Engagierten erkennen und analysieren deine Fehler und du profitierst deutlich von ihrem Unterricht. Auch hier kannst du viel Freude erleben, denn Erfolg macht glücklich.

Meine Mitstreiter aus dem Damenkreis nehmen gern am Gruppentraining teil und genießen den Spaß in der Menge. Dass das weniger effizient ist, erscheint zweitrangig. Das positive Gruppenerlebnis hat für die meisten Priorität.

Vier Raben hocken auf dem Fairway und hacken nach Maden. Die Biester zerstören tatsächlich den Rasen. Trotzdem sind sie faszinierend für mich...

Und wieder überkommen mich Gedanken, die formuliert werden und eine Form bekommen wollen. Worte müssen her als Transmitter. Reime sind mir die anspruchsvollste und edelste Art, Emotionen zu beschreiben.

Die Räbin

Schwarz und glänzend ihr Gefieder,
klug und weise und sehr alt,
lässt sich auf dem Dache nieder
du hörst sie schon sehr bald.

Mit klugen Augen schaut
sie herab zu dir
Dir geht der Blick durch deine Haut
Fühlst dich eins mit ihr.

Sie kommt aus alten Zeiten
Beherbergt großes Wissen
Du spürst die unendlich weiten
Gedanken, möchtest sie nicht missen.

Eine Räbin unter Tauben
Bist du selber auch
Lässt gern alle glauben
Du teiltest ihren Brauch.

Dabei bist du einsam,
wie die Räbin einsam ist,
wie es wohl kam,
dass du so anders bist?

Hineingeworfen in die Taubenschar,
mit ihnen rumgeflogen
und doch ist kläglich wahr,
fühlst dich nicht hingezogen.

Lieber allein am weiten Himmel
Lieber nur du mit dir,
als tausend Tauben im Gewimmel
du spürst, du bist die Andere hier.

Die Räbin II

Ein Vogel, so schwarz wie die Nacht
Das Gefieder so glänzend und schön
Auf den ersten Blick fast unscheinbar.
Das Besondere nicht zu sehen.
Sich Gedanken macht
so klar,
so klug und weise
erhebt er sich auf breiten Schwingen.
meist ganz leise
er weiß – er muss nicht singen.

Rabenfrau

wunderbar
bewundernswert, so schön und klar
Schillernd ihr Glanz
Elegant der Tanz
apart und grazil
welch spannendes Spiel!

Klug und weise,
höchst aufmerksam
zieht sie Kreise
wo sie kann.
fantasievoll, hintergründig
ward sie fündig
eine Rabenfreundin
klug und schön
– und sündig
seelenverwandt,
mit feinen Sinnen
einander erkannt

– zwei Räbinnen

Sommerduft

Kaum zu glauben,
wie Sommer-Düfte Sinne rauben.
Wiesen und Rapsfelder blühen
Wolkengebirge ziehen

Es duftet der Holunder
Zarte Blüten, fast ein Wunder.
Noch hängt Nebel über dem Rough,
einfach zauberhaft!
Märchenstimmung macht sich breit,
der Tag zeigt sich bereit.
Tierkinder flaumweich und wollig
folgen den Eltern, so drollig!
Kitz und Ricke kreuzen das Grün,
wundersam, das anzusehen,
Schwanenvater erhebt sein Gefieder
Macht ohne Furcht den Eindringling nieder
Nutria-Kinder schleichen über den Rasen,
gleich daneben grasen Hasen.
Golfbälle ploppen aufs Grün
Sogar Rote, kann man sehn.

Morgens früh um sechs Uhr
Findest du hier Ruhe pur.
Es ist die Sonnenwende.
Drum keine Zeit verschwende,
sei dir bewusst,
dass du die Stunde nutzen musst

Golf Feeling

Wieder so ein Tag,

den keiner mag.

Nichts gelingt,

der Ball verspringt,

getoppt,

gefloppt,

auf und davon

rein ins hohe Rough,

wie blanker Hohn,

mein Schlag zu schlaff.

Wütend glotz ich hinterher,

da hilft jetzt gar nichts mehr!

Sechs Striche auf 9 Loch,

da sag mir einer noch,

dass jedem das passiert!

Ich tu mir das freiwillig an,

doch könnt ich in den Schläger beißen,

die Scorekarte in Stücke reißen!

Irgendwann da killt mich das,

in den Augen blanker Hass,

Demut wäre angesagt,

und besser nur das Spiel vertagt.

Es gibt die unterschiedlichsten Lebensmuster. Spätsommer-Frauen leben und erleben in allen Bevölkerungsschichten auf höchst verschiedene Weise diese Phase ihres Daseins.

Auf Vollständigkeit lege ich in diesem zuweilen ein wenig boshaften Werk keinen Wert. Ich schreibe über das, was mir durch den Kopf geht. Dabei bleibe ich bewusst an der Oberfläche, weswegen „oberflächlich" keine Abwertung ist, sondern Tatsache.

Zufrieden bin ich, wenn es mir gelungen ist, dass du an manchen Stellen geschmunzelt und dich vielleicht erkannt hast.

Wenn du nach dem Lesen sagst „Ja, so sind sie, die Frauen" oder „genau so ist es!"

Ja – was jetzt noch kommen soll?

Wenn ich darüber nachdenke, stelle ich erfreut fest, dass das Leben es gut mit mir gemeint hat. Dabei bin ich keine Tollfinderin! Ich habe viel erlebt. Das Verhältnis zu meinem Kind ist eng und gut. Der beste Mann der Welt lebt mit mir. Wir haben gute Freunde. Der schönste Beruf der

Welt war und ist meiner. Ich habe alles gehabt und muss nichts bedauern oder womöglich zugeben „..hätte ich nur..".

Trotzdem frage ich mich zuweilen, was jetzt noch kommen soll. Ich bin eine Spätsommerfrau, knapp vor dem Herbst. Mir ist klar, dass es gesundheitlich nicht mehr besser wird, sondern nur noch anders. Was kommen wird, kann ich mir ausmalen. – Aber was kommen soll? –

Heaven knows!

Jetzt würde ich gern 18 Loch gehen – aber heute hab ich Rücken.

Ich freue mich über deine Gedanken und Anregungen

.

(Kontakt: www.brose-artworks.de))

Buchveröffentlichungen

2005 "Schulkleidung ist nicht Schuluniform"

2008 „Survival für Lehrer" (ISBN 978-3525611036)
2010 „Survival für Referendare" (ISBN 978-3525611050)

2013 „Schwarzer Adler über mir" (ISBN 978-3-8442-4855-5)

2015 „Leben in Versen" (ISBN 978-3-7375-2106-2)

2016 „Survival für Eltern (ISBN 978-3525-61112-8)

2016 „Golf-Spazierengehen auf Rasen" (ISBN 9783741238710)

2016 „Ein Kreuz mit Kugelschreiber" (ISBN 9783743102248) Neuauflage von „Schwarzer Adler"

2017 „So geht das" – ein Lernbuch für 11-12jährige (9783743191280)

2017 Leben in Versen 2017

2018 Herbst

2018 Mit Mutter stirbt die Dauerwelle

2018 Leben in Versen, Neuauflage

2018 Mama, du nervst!

2018 Shari

2019 Ich seh den Himmel

2019 Tassen gehören flach gelegt

2019 Influenzerin